Тайвань, или Формоза

Знакомимся с чудо-
островом в Тихом океане

用俄語說臺灣文化

臺灣文化

太平洋中的美麗之島

福爾摩沙

國立政治大學

劉心華（Лю Синь Хуа）、**薩承科**（Александр Савченко）編著

緣起

　　國立政治大學外國語文學院的治學目標之一，就是要促進對世界各地文化的了解，並透過交流與溝通，令對方也認識我國文化。所謂知己知彼，除了可消弭不必要的誤會，更能增進互相的情誼，我們從事的是一種綿密細緻的交心活動。

　　再者，政大同學出國交換的比率極高，每當與外國友人交流，談到本國文化時，往往會詞窮，或手邊缺少現成的外語資料，造成溝通上的不順暢，實在太可惜，因此也曾提議是否能出一本類似教材的文化叢書。這個具體想法來自斯拉夫語文學系劉心華教授，與同仁們開會討論後定案。

　　又，透過各種交流活動，我們發現太多外國師生來臺後都想繼續留下來，不然就是臨別依依不捨，日後總找機會續前緣，再度來臺，甚至呼朋引伴，攜家帶眷，樂不思蜀。當然，有些人學習有成，可直接閱讀中文；但也有些人仍需依靠其母語，才能明白內容。為了讓更多人認識寶島、了解臺灣，我們於是興起編纂雙語的《用外語說臺灣文化》的念頭。

　　而舉凡國內教授最多語種的高等教育學府，就屬國立政治大學外國語文學院，且在研究各國民情風俗上，翻譯與跨文化中心耕耘頗深，舉辦過的文康、藝文、學術活動更不勝枚舉。然而，若缺乏系統性整理，難以突顯同仁們努力的成果，於是我們藉由「教育部高教深耕計畫」，結合院內各語種本國師與外師的力量，著手九冊（英、德、法、西、俄、韓、日、土、阿）不同語言的《用外語說臺灣文化》，以外文為主，中文為輔，提供對大中華區文化，尤其是臺灣文化有興趣的愛好者參閱。

我們團隊花了一、兩年的時間，將累積的資料大大梳理一番，各自選出約十章精華。並透過彼此不斷地切磋、增刪、審校，並送匿名審，查終於完成這圖文並茂的系列書。也要感謝幕後無懼辛勞的瑞蘭國際出版編輯群，才令本套書更加增色。其中內容深入淺出，目的就是希望讀者易懂、易吸收，因此割愛除去某些細節，但願專家先進不吝指正，同時內文亦能博君一粲。

國立政治大學外國語文學院
歐洲語文學系教授
於指南山麓

Предисловие

Мы живём в удивительном и одновременно странном мире, где каждый день происходит множество разных событий, следить за которыми сегодня нам помогает интернет и различные гаджеты. Даже путешествовать мы можем не выходя из дома, равно как и получать любую информацию, просматривать фотографии, находить видеосюжеты о самых экзотических странах в отдалённых уголках нашего Мира.

Предлагаем вам совершить совсем небольшое, но увлекательное путешествие более «традиционным» способом: взяв в руки эту книжку, вы сможете познакомиться с одним из красивейших мест на Земле – «чудо-островом» Тайвань. Этот сравнительно небольшой по размерам остров в Тихом океане, находящийся между Японией, Кореей, Китаем и Филиппинами, подарит вам множество незабываемых впечатлений, ярких эмоций, зарядит жизненной энергией; и он даже способен исцелить от многих хворей и болезней…

В книге вы найдёте краткую и необходимую информацию об особенностях острова, его истории и традициях, узнаете, где и как можно провести своё время, какие блюда местной кухни отведать, что посмотреть и с какими наиболее значимыми достопримечательностями познакомиться.

Авторы также надеются, что, прочитав эту небольшую книгу, вам непременно захочется посетить этот пусть хоть географически далёкий, но поистине фантастический остров, и вы вполне сможете составить собственное впечатление о Тайване и населяющих его приветливых и доброжелательных людях – тайваньцах!

薩承科

2022.04

序言

　　我們生活在一個令人驚異又奇妙的世界，這兒每天都上演著許多不同的故事。現今我們可以透過網路以及各種數位工具了解這個世界，甚至不必出門就能環遊世界，還可以接收各種訊息、查看照片、觀看來自世界各地遙遠角落、最具異國情調的影片。

　　我們建議您以較為「傳統」的方式進行這一趟非常小、但絕對令人興奮的旅程：拿起本書，您可以認識地球上最美麗的地方之一──「奇蹟之島」臺灣。這個立足太平洋之上、位於日本、韓國、中國和菲律賓之間的小島，將給您留下許多難忘的印象及鮮明的情感、為您注入活力，她甚至能治癒您的各種疾病。

　　此書將帶領您簡要地認識臺灣的特色、歷史和傳統，了解您可以在哪裡以及如何度過您的旅程、品嘗哪些當地美食，又有哪些地方及重要的景點是值得拜訪及認識。

　　編著者們希望在讀完本書後，即使距離遙遠，您也會想親自拜訪這個真正的夢幻小島，也能對臺灣和友善的臺灣人留下深刻的印象！

劉心華

2022.04

Оглавление 目次

Раздел 3 **Достопримечательности** 名勝古蹟

第一章

概括訊息
Общая информация

1. 認識臺灣

臺灣，一個形狀奇特、令人驚奇的島嶼。座落於西太平洋上，由數片海域環繞，島長 394 公里，面積 36,000 平方公尺，人口密度極高，島上各個城市都有其特色。「臺灣」一稱來源眾說紛紜，與其歷史背景和自然地形相關。位於亞熱帶與熱帶之間，四季並不分明；中央山脈聳立島嶼之上，河流、湖泊等水文豐富，且由於地熱活動頻繁，臺灣擁有許多溫泉。島上有將近 3,800 種植物，以及各種動物、昆蟲等，生態多樣豐富。唯一的缺點便是位於地震帶且時常有颱風侵襲。但瑕不掩瑜，臺灣仍是一座值得探訪的寶島。

Тайваньский горный пейзаж

1. Знакомьтесь: остров Тайвань

• •

С детства всем нам хорошо знакомы такие строки из пушкинской «Сказки о царе Салтане»:

«За морем житье не худо,

В свете ж вот какое чудо:

Остров на море лежит,

Град на острове стоит…»

Или же классический зачин русских сказок: *«В тридевятом царстве, в тридесятом государстве…»*. Одним из таких по-настоящему сказочных островов, к   оторый по его удалённости от России действительно можно считать «тридевятым царством, тридесятым государством», является Тайвань. Этот удивительный и причудливый по форме остров находится в Восточной Азии, в просторах Тихого океана.

Давайте же познакомимся с Тайванем поближе и узнаем основные сведения о его географии, истории, культуре, о традициях этой страны и о людях, живущих здесь, – тайваньцах.

Что можно сказать, глядя на карту? Остров Тайвань расположен в западной части Тихого океана между Японией и Филиппинами, примерно в 160 км от юго-восточного побережья Китая. На востоке остров омывается Тихим океаном, на юге – Южно-Китайским, а на севере – Восточно-Китайским морями. От восточного побережья материкового Китая остров отделён Тайваньским проливом, ширина которого составляет от 130 до 220 км, и находится примерно на равном расстоянии от Шанхая и Гонконга. Протяжённость острова с севера на юг составляет 394 км, а ширина достигает

144 км. Остров занимает площадь около 36 тыс. км² и примерно сопоставим с Голландией. Тайваню также принадлежат небольшие группы островов: *Пэнху* (*Пескадорские острова*), *Цзиньмэнь*, *Мацзу*, *Люйдао* (*Зелёный остров*) и *Ланью* (*Остров орхидей*), а также ряд более мелких островов. Протяжённость береговой линии составляет 1566 км (включая острова архипелага *Пэнху*). Численность населения острова – свыше 23 миллионов человек.

Самый крупный город острова – столица Тайваня – *Тайбэй* с населением около 3 миллионов человек. В пятёрку крупнейших городов также входят портовый город *Гаосюн* на юге, *Тайчжун* в Центральном Тайване, древняя южная столица *Тайнань*, тайваньский наукоград, или как его ещё называют – «Тайваньская Силиконовая долина», – город *Синьчжу* и *Цзилун* – город-порт в северной части острова. *Тайбэй*, *Гаосюн* и *Тайчжун* – три тайваньских города-миллионера (бывшая столица *Тайнань* занимает четвёртое место).

Наш остров не очень велик, однако здесь можно увидеть самые разнообразные картины природы: покрытые древними лесами высокие горы с крутыми скалистыми ущельями, живописные водопады и широкие реки *Чжошуйси* и *Даньшуй*, необыкновенной красоты озёра в кратерах потухших вулканов, прекрасные долины, занятые фруктовыми садами и кажущимися бескрайними ярко-зелёными рисовыми полями. Неудивительно, что португальцы, впервые увидев остров Тайвань в XVI веке, были настолько поражены его красотой, что так его и назвали – «Илья Формоза» (*порт.* Ilha Formosa) – «*Прекрасный остров*». Формозой Тайвань по традиции нередко называют и сегодня.

Название же *Тайвань* остров получил только в XVII веке, во времена правления династии *Мин*, а официально оно закрепилось, когда власть над островом захватили голландцы и испанцы. Существуют несколько версий происхождения самого слова *Тайвань*. Согласно одной из них, неподалеку от первого голландского поселения, *форта Зеландия*, находилась деревня аборигенов племени *сирая*. На их языке это место называлось *Тайоан*. Позднее китайские колонисты изменили название на свой манер – «*Да юань*», что означает «*Большой круг*». В ранних латинских записях, сделанных голландцами, присутствуют оба варианта транскрипции этого слова – как *Taioan*, так и *Dayuan*. Постепенно название этой наиболее освоенной местности стало применяться к острову в целом и превратилось в современный топоним *Taiwan – Тайвань*.

Есть и другая версия. В Древнем и Средневековом Китае остров имел несколько вариантов названия. Топоним *Тайвань* в китайских источниках стал наиболее употребительным с конца XVII века. Объясняют такое название тем, что на острове имелась удобная для кораблей бухта с песчаной отмелью. По-китайски *тай* – «платформа, плоское возвышение», а *вань* – «залив». «*Платформой над заливом*», вероятно, именовалось это самое «возвышение» – песчаная коса.

Наконец, третья версия повествует о том, что слово *Тайвань* – это более поздний вариант другого топонима – *Майюань* (то есть «*Скрывающий опасность*»). Так называли остров китайские переселенцы из провинции *Фуцзянь*, столкнувшиеся здесь с неблагоприятными климатическими и погодными условиями: штормами, тайфунами, жарой, а также болезнями и прочими трудностями.

Если уж мы заговорили о погоде и климате, то можно сказать, что на Тайване нет привычных для России времён года – смена сезонов происходит почти незаметно, потому что деревья сбрасывают листву в разное время (причём многие деревья вообще практически не «расстаются» со своей листвой круглый год). Обычно выделяют три сезона: холодный (декабрь, январь, февраль), дождливый (март, апрель, май) и жаркий (все остальные месяцы). Климат на Тайване – влажный субтропический на севере и тропический на юге. Такому делению на разные климатические зоны наш относительно небольшой остров обязан Тропику Рака, или Северному тропику, который делит остров практически пополам, поэтому можно легко заметить контрасты природы: видов растительности, типа погоды, влажности воздуха и т.д. Условно говоря, Север и Юг острова различаются примерно так же, как, скажем, Петербург и Сочи (но это, конечно, в известной степени шутливое, хотя и не лишённое истины, сравнение).

Самое жаркое время года – лето, когда температура составляет около 30 – 35, а в отдельные дни может даже достигать и 40 – 45 градусов. В период с июля по сентябрь тропические циклоны приносят тайфуны с сильными ветрами и проливными тропическими дождями. В среднем за год на Тайване бывает примерно 8 – 10 тайфунов.

Самое дождливое и холодное время на севере острова – зима. Средняя температура января составляет +14°C. Максимальное количество осадков в этот период выпадает на северо-востоке (Тайбэй, Цзилун). В центральных и западных районах гораздо суше, на юге летом иногда случаются засухи, а зима мягкая и солнечная. Среднегодовая норма осадков – 2540 мм. Снег выпадает редко и только высоко в горах. Когда это происходит, то туда отправляется множество туристов, чтобы полюбоваться необычным пейзажем. Одно из популярных мест посещения – гора *Юйшань* – самая высокая вершина Тайваня. Её высота – 3952 м. В Тайбэе люди любят подниматься на вершину горы *Янминшань* (*Янминь*). Белый снег, покрывающий вершины гор, – редкое, поэтому по-особому фантастическое для Тайваня зрелище!

Вид на небоскрёб «Тайбэй 101»

Горы, в основном покрытые лесом, занимают бо́льшую часть острова – практически две трети территории. Протяжённость Центрального горного хребта с севера на юг составляет 270 км, а его максимальная ширина достигает 80 км. Всего же на Тайване 62 вершины, высота которых превышает уровень 3000 метров. На севере много потухших вулканов. Например, в районе Тайбэя, на территории *Национального парка Янминшань*, находится около 20 вулканов, часть из которых – действующие. На западе простираются равнины. Влажный тропический климат позволяет крестьянам выращивать здесь рис и ананасы, хотя пахотные земли составляют лишь четверть всей площади острова. Климат Тайваня создаёт благоприятные условия для выращивания и других культур, в частности, сахарного тростника, бананов, различных тропических фруктов. Отметим, что такие благоприятные климатические условия позволяют получать два-три урожая риса в год. В прибрежных водах тайваньские рыбаки ловят тунца, креветок, крабов и прочих обитателей глубин океана.

На Тайване достаточно разветвлённая речная сеть – около 150 больших и малых рек. Самая длинная река – *Чжошуйси* (186 км). Озёр на Тайване немного. Самым известным и популярным среди туристов является *Озеро Солнца и Луны*, а также *Озеро Кристальной чистоты* и *Лотосовое Озеро*.

Благодаря горному рельефу и активной вулканической деятельности глубоко в недрах земной коры на Тайване есть множество горячих источников: солёный горячий источник острова *Люйдао* (Зелёный остров) – это один из трёх подобных источников в мире, горячие источники *Янминшань* (севернее Тайбэя), *Цзиншань* (северо-восточнее Тайбэя), *Гуаньцзылин* (к юго-востоку от города Цзяи) и многие другие.

На Тайване произрастает около 3800 видов растений. Наиболее распространённые растения – бамбук и шёлковая акация (Альбиция ленкоранская), а также пихта, кипарис, ель, камфорное дерево, сакура, различные виды пальм.

Животный мир острова насчитывает около 60 видов млекопитающих, среди которых, в частности, белка, тайваньский пятнистый олень, дикий кабан и чёрный формозский медведь, который сейчас является одним из символических образов Тайваня. На острове обитает большое разнообразие видов птиц, рептилий и насекомых. В реках и водоёмах водятся различные сорта рыбы, например, тайваньский пресноводный лосось, телапия, скумбрия, угорь, анчоус и другие.

Из полезных ископаемых главным является каменный уголь. Природные ресурсы острова также включают в себя небольшие месторождения золота, меди, природного газа, известняка, мрамора и асбеста.

Тайвань является признанным лидером в области электроники и информационных технологий. Значительный доход государству, в первую очередь, приносит электронная, а также нефтехимическая, энергетическая, текстильная и пищевая промышленность.

Однако жизнь на Тайване осложняется двумя обстоятельствами: во-первых, остров находится в сейсмоопасной зоне. До сих пор многие помнят страшное землетрясение 1999 года, когда были разрушены тысячи старых зданий и погибло более двух тысяч человек. Во-вторых, Тайвань находится на пути движения тропических тайфунов. Ежегодно на остров обрушивается несколько мощных тайфунов, которые формируются над Тихим океаном. Они наносят стране огромный урон.

Суммарный ущерб, ежегодно наносимый тайфунами промышленности и сельскому хозяйству нашей страны, оценивается миллионами долларов США. Достаточно внушительная сумма для государственного бюджета любой страны!

Итак, за время вашего пребывания на Тайване у вас будет возможность ближе и основательнее познакомиться с его историей и культурой, осмотреть достопримечательности, насладиться красотами природы. Мы надеемся, что у вас останутся незабываемые впечатления от увиденного, от нашей страны в целом, и вам захочется ещё не раз посетить этот поистине прекрасный и удивительный «чудо-остров»!

2. 臺灣簡史

　　臺灣的正式官方名稱為中華民國，是亞洲第一個民主憲政國家。1949年，中華人民共和國於中國大陸成立，而中華民國政府搬遷至臺灣，自此海峽兩岸有了各自政權，然而臺灣的獨立問題卻也成了與中國關係上最艱困的問題。據考古研究，約 5,000 年前臺灣島上便居住著東南亞等地來的移民。16 世紀時更經荷蘭與西班牙人分地占領統治直至被明朝將領驅趕，其後臺灣全島與中國大陸皆為滿州人所治理，直至 1895 年馬關條約簽訂，臺灣納入日本管轄；而 1945 年二戰結束後又重返中華民國統治。現今僅有少數的國家承認臺灣為主權獨立的國家。即使置身於艱困的外交環境，臺灣依舊進行了大力的建設，實現了社會自由、民主與經濟的高速發展。

Отстаивание собственной независимости и суверенитета – один из основных принципов Тайваня

2. Краткая история Тайваня

Официальное название Тайваня – *Китайская Республика* – было предложено её создателем – доктором *Сунь Ятсеном*. Китайская Республика является первой в Азии демократической конституционной республикой. Днём её основания считается 1 января 1912 года, с этой даты в стране ведётся и официальное летосчисление: 1911 год считается первым годом Китайской Республики, 2022 год – 111-м годом и т.д. Это является продолжением существовавшей в Китае многовековой традиции, когда со вступлением на престол нового правителя отсчёт лет всякий раз начинался заново.

Тайвань: сочетание природы и прогресса

Когда в 1949 году китайские коммунисты создали в материковой части Китая *Китайскую Народную Республику*, правительство Китайской Республики перебазировалось на остров Тайвань, сохранив под своей юрисдикцией и ряд более мелких островов. С тех пор каждая из двух стран по обеим сторонам Тайваньского пролива является самостоятельным государством, однако вопрос независимости Тайваня – самая острая проблема во взаимоотношениях с материковым Китаем и один из болезненных вопросов внешней политики.

Конечно, далеко не всегда в истории страны всё было так мирно, как сейчас. Археологические раскопки говорят, что остров был заселён примерно 5 тысяч лет назад полинезийцами-меланезийцами и выходцами из Юго-Восточной Азии. Частью Китайской империи Тайвань стал только в начале XIV века. В XVI веке его открыли для европейцев португальские моряки, а в 1624 году юг Тайваня колонизировали голландцы, которые правили здесь в течение 38 лет, до того дня, когда были изгнаны войсками китайской династии *Мин*. Примерно в это же самое время северную часть острова начали осваивать испанцы, которые в 1626 г. заложили города *Цзилун* (*Килун*) и *Даньшуй* (*Тамсуй*). Потом остров, как и весь Китай, оказался под властью *маньчжуров*, а в 1895 году, в результате подписания *Симоносекского мирного договора* по итогам китайско-японской войны 1894 – 1895 гг., Тайвань перешёл к Японии и лишь в 1945 году, после Второй мировой войны, вновь был передан Китаю. 25 октября глава китайской администрации Тайваня и командующий гарнизоном острова *Чань И* принял в Тайбэе капитуляцию 10-й армии Японии. В 1949 году, после установления на материке коммунистического режима, на Тайвань перебралось правительство Китайской Республики: решение о его переезде было принято 8 декабря. С этого времени началась новейшая история острова, которая продолжается и по сей день.

Большой проблемой для современного Тайваня является его международное положение. Со дня возникновения Организации Объединённых Наций в 1945 году Тайвань говорил от имени всего китайского народа, однако лидеры Китайской Народной Республики также стремились представлять китайский народ на международной арене. Это противостояние закончилось тем, что международное сообщество, за небольшим исключением, признало коммунистический Китай, и в 1971 году Китайская Республика потеряла место в ООН (в её состав вошёл Китай). В настоящее время лишь небольшое число стран признают Тайвань независимым государством.

Несмотря на такую жёсткую внешнеполитическую обстановку, последние полвека на Тайване шёл интенсивный процесс превращения небольшой бедной и отсталой островной провинции в современную, динамичную, высокоразвитую страну. Сегодня Тайвань известен во всём мире своей компьютерной промышленностью и электроникой, и его достижения нередко называют «экономическим чудом». Экономика Тайваня вошла в число наиболее успешных и демонстрирующих высокие темпы развития стран – в группу так называемых «четырёх тигров», куда, помимо Тайваня, входят Южная Корея, Сингапур и Гонконг.

3. 臺灣的教育體系

　　與其他高度發展國家一樣，教育在臺灣社會中扮演著重要的角色。現今臺灣實行 12 年國民基本教育，兒童自 6 歲開始就讀國民小學。每週 5 天，從早上 7 點半上課至下午 4 點左右，所學科目含括數學、國文、鄉土語言，以及繪畫、音樂等。12 歲開始的中學教育學業負擔加重，學習時數也拉長。此階段新增了如公民、文學等課程；國中學業結束後部分學生會選擇進入高職學習職業技能，而大多數則會進入高中就讀。高中除了人文與自然課程，也加入了國防等軍事教育，以期在危急時刻民眾能自發性組織應對。高中結業後通過升學考試者可繼續發展高等教育。臺灣有大量的高等學府，國立與私立大學素質優良，不乏躋身國際排名者，政府亦提供成績優異的學生公費深造的機會。

Качество и уровень образования играют ключевую роль в жизни тайваньского общества

3. Система образования на Тайване

Как и в любом высокоразвитом государстве, образование играет важную роль на Тайване: от его уровня и качества, от достигнутых в процессе учебы результатов во многом зависит высота занимаемого положения в обществе, социальный статус человека.

Сама по себе система образования Тайваня во многом схожа с общемировой, но у неё есть и свои специфические черты.

Образование начинается с дошкольного обучения: сначала дети идут в детский сад. Этот период, как правило, длится два года: с 4 до 6 лет.

В возрасте 6 лет дети идут в школу – поступают в первый класс начальной школы, обучение в которой длится 6 лет. Учебная неделя длится пять дней, а уроки начинаются с 7-30 утра и заканчиваются около 4 вечера. В программу обучения входят следующие предметы: китайский язык (мандарин), математика (включая алгебру и начала анализа), в 6 классе изучается геометрия, естественные науки, включая основы биологии, физики и химии, языки коренных народов (тайваньский и хакка), рисование, музыка.

На этом этапе один из основных аспектов обучения – изучение и освоение иероглифической письменности, которая возведена в ранг искусства. В течение шести лет дети должны выучить примерно 3 тыс. активно используемых иероглифов из существующих 60 тыс. и 2 тыс. их сочетаний. Начиная с 3 класса ведётся преподавание английского языка.

В возрасте 11 лет школьники переходят с начальной ступени в 3-х летнюю неполную среднюю школу, являющуюся завершающей частью обязательного образования. Основной целью учеников на этом этапе обучения становится успешная сдача национального экзамена для поступления в среднюю школу по окончании 9 класса, поэтому нагрузка на учащихся значительно возрастает. Уроки, как правило, заканчиваются не раньше 4 – 5 часов вечера, при этом многие ученики посещают дополнительные занятия. Таким образом, учебный день может продолжаться и до 8, и даже до 9 вечера.

После неполного среднего образования учащиеся переходят в 10 класс. Однако некоторые заканчивают обучение, и после 9-го класса выпускники поступают в профессиональные колледжи для получения определённой профессии.

На Тайване принята 12-летняя система образования. Обучение в полной средней школе занимает 3 года: с 10 по 12 классы. Здесь перед учениками стоит задача успешно сдать государственный экзамен для поступления в университет.

Полное среднее образование, помимо общеобразовательных, школьники могут также получить и в профессионально-технических школах. Они могут выбрать одну из трёх групп предметов: естественные, гуманитарные и технические науки. Профессионально-технические школы готовят специалистов начального уровня в различных сферах деятельности. Как правило, выпускники этого типа школ предпочитают продолжить профессиональное образование в двух- или пятилетних колледжах, но, кроме этого, после сдачи необходимого государственного экзамена они имеют возможность поступить в университет.

Учебный год в тайваньских школах начинается в начале сентября и длится до 31 июня, причём каникулы только два раза в год, как и у студентов: с середины января до февраля – зимние, которые обычно совпадают с празднованием Нового года по лунному календарю, и летние.

На Тайване существует большое количество высших учебных заведений, где студенты получают высшее образование по разным направлениями и специализациям. В основном, это государственные и частные университеты, по общей численности которых Тайвань – среди рекордсменов в мире.

В ряду ведущих тайваньских университетов, входящих в мировые рейтинги, находятся Тайваньский государственный университет, Государственный

Учёба с молодых ногтей…

Тайвань – один из мировых лидеров по количеству университетов

университет Цинхуа, Государственный политический университет (Чжэнчжи), Государственный тайваньский педагогический университет и другие. И в государственных, и в частных университетах обучение платное, при этом плата за обучение в государственных университетах обычно ниже.

Базовой учёной степенью на Тайване, как и во многих других странах, является степень бакалавра, которую обычно можно получить в течение 4 лет обучения. Исключение составляют некоторые направления, требующие более длительного курса обучения, например, как и в России, – это медицина.

Чтобы получить степень магистра, студенты в течение 3 лет учатся в магистратуре и пишут научно-исследовательскую работу, степень магистра присваивается после сдачи соответствующих экзаменов и защиты магистерской диссертации.

Стипендии, в российском понимании этого слова, когда студенты ежемесячно получают от государства деньги за обучение, на Тайване не выплачиваются. Однако талантливым студентам, демонстрирующим выдающиеся успехи в учёбе, правительство Тайваня предоставляет шанс получать стипендию, покрывающую расходы на обучение и проживание.

Дипломы, выдаваемые тайваньскими университетами, признаются во всём мире, а уровень образования считается одним из самых высоких.

Благодаря такому высокому уровню образования, Тайвань с каждым годом привлекает всё большее количество студентов из других стран на обучение по различным образовательным программам и предлагает для выбора перспективные специальности и направления.

(Использованы материалы сайта: https://studfiles.net/preview/5677873/page:27)

4. 臺灣的原住民

臺灣有 16 個官方認可的原住民部落：阿美族、泰雅族、布農族、噶瑪蘭族、卡那卡那富族、排灣族、卑南族、魯凱族、賽夏族、賽德克族、撒奇萊雅族、太魯閣族、邵族、鄒族、雅美族（達悟族）、拉阿魯哇族。原住民通常分為平地部落和山區部落。平地原住民（平埔族）主要生活在臺灣的西部和北部，而山區部落則分布於中部、南部和東部山區與森林。大多數臺灣原住民生活在東海岸的山區，這些地區靠近花蓮和臺東市。在遙遠的過去，幾乎所有部落都從事狩獵活動；在當時，獵豹被視為勇敢和英勇的象徵。到今天為止，原住民的代表仍保留著一些古老傳統的民族特色，例如紋面、穿孔等。原住民與大自然接觸，由於依賴天地維生的結果，致使他們常常藉由祭典、儀式、歌舞、競技等來表達對祖靈的崇敬。又因各族群間的傳統習俗和生活方式有所不同，故衍生出各式各樣的祭典風貌，如阿美族的豐年祭、賽夏族的矮靈祭、布農族的打耳祭、卑南族年祭、雅美族（達悟族）飛魚祭等，都極富特色，很具觀光價值。

Лодки племени ями (тау)

4. Коренные народы – аборигены Тайваня

Уникальность Тайваня, среди прочего, состоит ещё и в том, что этот не слишком большой по размерам остров богат не только природными и архитектурными памятниками, но и тем, что это по-настоящему мультикультурный регион земного шара с интереснейшим прошлым. Население Тайваня исторически складывалось из нескольких этносов. Этнически жители Тайваня, как правило, подразделяются на две основные группы: в первую из них входят народности, восходящие к малайско-полинезийским корням. Это коренное австронезийское население острова Тайвань, которое обычно называют «*гаошань*» (*досл.* «горцы»). Именно представителей этих народностей можно считать аборигенами, их потомки живут на острове уже несколько тысячелетий, а гаошань – общепринятое собирательное название национальных меньшинств Тайваня. Вторая группа, на сегодняшний день составляющая абсолютное большинство, – это те, чьи предки стали переселяться на Тайвань в конце XVI – начале XVII века преимущественно из южных провинций материкового Китая. Представителей разных субэтносов этой этнической группы населения острова часто называют «*ханьцы*». Различия между гаошань и ханьцами на Тайване в настоящий момент практически полностью размыты, чему способствуют смешанные браки между представителями различных национальностей и широкое использование жителями острова нормативного китайского языка – северного диалекта китайского (*гоюй, букв.* «национальный язык»).

Численность аборигенов на Тайване составляет на данный момент чуть больше 2% от общего населения страны. Их история во многом схожа с представителями коренных народов других стран. В США, например, с течением исторического времени коренные племена постепенно вытеснялись со своих традиционных территорий приезжими. Годы конфликтов и несколько периодов колонизации привели к значительному сокращению коренного населения Тайваня. Сейчас гаошань проживают преимущественно в горных районах, сохраняя свою культуру, устои и традиции. Сегодня на Тайване насчитывается 16 официально признанных коренных племён: *амис, атаял, бунун, кавалан, канаканаву, пайвань, пуюма, рукай, сайсият, сакизая, седик, тароко (труку), тао, цзоу (саароа), ями (таву), хлаалуа*.

Обычно коренное население принято разделять на равнинные и горные племена. Равнинные аборигены (*пинпу, пепо*), в основном, проживают на западе и севере острова, горные же (собственно *гаошань*), – в центре, на юге и на восточных равнинах. Большинство тайваньских аборигенов живут в горных районах Восточного побережья. Эти районы находятся недалеко от городов *Хуалянь* и *Тайдун*. В далёком прошлом практически все племена (кроме *ями (тао)* с *Острова Орхидей*) занимались охотой за головами, в те времена это считалось символическим проявлением храбрости и воинской доблести. Некоторые этнические особенности древних традиций сохраняются представителями гаошань до сих пор, например, татуирование лица, пирсинг и т.д. История аборигенов Тайваня, равно как и история каждого конкретного племени, представлена в экспозициях музеев и выставочных залов, с ней можно познакомиться во многих этно-деревнях, ставших популярным местом посещения туристов.

Скульптурные изображения представителей одного из аборигенских племён

В последнее время многие тайваньские аборигены мигрировали в крупные города острова в поисках лучшей работы. Многие из них сейчас работают, в частности, в сфере строительства. Но несмотря ни на что, каждое племя по-прежнему в значительной степени сохраняет свою собственную оригинальную культуру, язык, обычаи и социальную структуру.

Аборигены Тайваня и сегодня продолжают жить в гармонии с природой, занимаясь привычным для себя делом: земледелием, рыболовством и охотой. Реалии современной жизни открыли новые возможности: в регионах проживания коренных племён Тайваня активно развивается экотуризм, в деревнях аборигенов туристы могут приобрести традиционную одежду, шитьё, резные фигурки из дерева и камня, ювелирные изделия, созданные руками их жителей. Здесь организуются музыкальные выступления и танцевальные шоу, на которых аборигены исполняют традиционные песни и танцы, — всё это стало новым источником дохода, поддерживающим их экономический уровень, с другой же стороны, это увеличило интерес туристических агентств и вызвало приток туристов как из разных регионов Тайваня, так и из-за рубежа.

Одной из самых популярных форм такой «культурно-экономической» деятельности племён аборигенов стали многочисленные и разнообразные фольклорные фестивали, представляющие культуру как отдельных племён, так и историко-культурное наследие аборигенов Тайваня в целом. Такое разнообразие этнических групп населяющих Тайвань, специфика мест их проживания и образа жизни объясняет разницу традиционных обычаев различных племён аборигенов острова. Среди подобных массовых мероприятий можно упомянуть такие пользующиеся известностью и популярностью фестивали, как *праздник урожая* у народа *ами*, *фестиваль духа гномов* у народа *сайсият*, *фестиваль оленьих ушей* у народа *бунун*, *фестиваль летучей рыбы* у народа *ями*.

Праздник битв – главный священный праздник племени *цзоу*. Его жители обосновались в уездах Наньтоу, Цзяи и Гаосюн. Они говорят на своём языке – языке цзоу. Главными богами, которым поклоняются представители этого племени, являются Бог войны и Бог жизни. *Праздник битв*, или *церемония Маясви*, посвящён Богу войны и прославляет Бога небесного. Традиционно в ходе ритуалов, совершаемых во время этого фестиваля, воины племени цзоу также просят благословения богов для укрепления силы и своей «боевой мощи». Многие ритуалы, как это вообще исторически сложилось в традициях подобных праздников у разных народов, призваны вдохновлять и поднимать боевой дух. Раньше Праздник битв устраивали накануне войны с другим племенем или перед охотой. Теперь он проводится ежегодно в феврале по древнекитайскому (лунному) календарю.

Действо начинается с приветственной песни, адресуемой богу, за которой следуют песни и танцы других богов, и всё это длится три дня и две ночи. В последний день праздник заканчивается в полночь, как и в его начале, – после ритуальной песни богам.

Праздник оленьих ушей – самый важный в году праздник народа *бунун*, представители которого проживают в горных районах Центрального и Юго-Восточного Тайваня. Он ежегодно проводится в конце апреля – начале мая. Праздник связан с охотничьими традициями данного племени, по которым перед тем, как идти на охоту, юношей учили пользоваться оружием и метко стрелять. Согласно ритуалу, сначала взрослые мужчины уходят на охоту в горы. После возвращения с добычей, у подстреленных на охоте животных отрезают уши и вешают их на специальную деревянную раму или на ветку дерева как мишень, а затем мужчины деревни по очереди стреляют в них из луков. Дети, в сопровождении отца и старшего брата, тоже могут принять участие в ритуале – так они будут практиковаться в стрельбе, чтобы в будущем стать меткими охотниками. А ещё люди племени бунун стреляли в оленьи уши, чтобы заручиться поддержкой богов в надежде на удачу в охоте и хороший урожай. Сегодня в ходе фольклорного праздника можно стать свидетелем не только конкурса на самого меткого стрелка, но и увидеть, как представители племени разделывают и жарят свинину, приносят символическое жертвоприношение. Гости фестиваля также могут стать участниками различных представлений. Например, можно принять участие в «церемонии ведьм».

Одна из традиционных церемоний коренного народа *ями* (*даву*), который живёт на крошечном острове у юго-восточного побережья Тайваня, – *Острове Орхидей*, называется *Праздник летучей рыбы*. Это своеобразный ритуал охоты на рыбу, который проводится примерно во второй и третий месяцы лунного календаря и длится почти четыре месяца. Ями именуют свой остров «домом летучей рыбы», с ней даже непосредственно связаны названия времён года в их календаре, из которых и складываются три основных этапа праздника: весна называется "*раджун*", что означает "сезон летучей рыбы". В этот период начинается лов летучей рыбы. Ями ловят рыбу ночью, используя для её привлечения свет. Лето и осень – это "*тетека*", когда сезон вылова подходит к концу и рыбаки празднуют его окончание. Зиму же, когда летучей рыбы нет, именуют "*аминон*". Рыбаки ждут её прихода каждую весну – она приплывает к берегам Тайваня с тёплым течением *Куросио*. Люди ями верят, что эта рыба – дар богов, поэтому они относятся к ней очень бережно, поистине, как к священному дару. Таким образом, сезон летучей рыбы традиционно начинается в марте, а сам фестиваль – когда к острову приближается рыба хейлопогон (*лат.* Cheilopogon, или *летучая рыба*; на языке ями – «*сосовон*»). Во время праздника все мероприятия разделены на определённые этапы: молитвы об изобилии рыбы, праздник рыбаков и праздник летучей рыбы. Во время фестиваля мужчины племени ями носят особую одежду: ремни, серебряные шлемы и одежду, украшенную золотыми монетами. Они внимательно смотрят в море и молятся о хорошем улове (женщинам племени в этих мероприятиях участвовать не разрешается).

С середины июля до начала сентября в Тайдуне, Хуаляне и некоторых северных районах Тайваня традиционно проходит *Праздник урожая* племени *амис* – самой многочисленной по численности группе аборигенного населения на острове. Этот праздник обычно длится от одного до семи дней, причём в первый день женщины к участию в нём не допускаются. Праздник включает в себя множество различных традиционных фольклорных элементов, а одним из самых важных – является хоровод, символизирующий единство всех возрастов и преемственность поколений. В ходе празднования юноши подносят танцующим бамбуковые стаканчики, до краёв наполненные рисовым вином и водой, как знак почитания младшими по возрасту старших. Среди других фестивальных мероприятий можно выделить, помимо различных ритуальных танцев, также соревнования по бегу, перетягиванию каната, стрельбе из лука и многие другие развлечения, доставляющие радость и удовольствие всем участникам и многочисленным туристам, которые тоже могут присоединиться ко всеобщему веселью.

Самый важный традиционный праздник народа *сайсият*, проживающего в городах Мяоли и Синьчжу на северо-западе Тайваня, называется *Па-таай*, или *Праздник духа гномов*. Эта уникальная и красочная церемония связана с обитавшим некогда на другом берегу реки племенем "невысоких темнокожих людей", которые, по словам представителей народности *сайсият*, жили рядом с ними и научили их заниматься земледелием, а также петь и танцевать. По легенде, это племя «темнокожих гномов» часто преследовало женщин племени *сайсият*, стремясь похитить их, пока однажды какой-то юноша не решил им за это отомстить. Мужчины племени срубили крепкое дерево, на котором отдыхали эти «гномы». В результате все они, кроме двух старейшин, упали со скалы и погибли. Этих двоих, оставшихся в живых, пощадили, они остались в племени сайсият и научили их песням и танцам ритуала па-таай. Но потом «гномы» неожиданно куда-то исчезли. Вскоре после этого начались неурожаи, и племя сильно пострадало от голода. Все свои бедствия они приписали мстительным духам этих «темнокожих гномов». Чтобы умилостивить разгневанных духов, народ сайсият стал проводить Праздник Па-таай, на котором представители племени символически просят послать им прощение. Своеобразной формой «извинения» за свой проступок служат ритуальные танцы, которым представителей племени сайсият научили эти два «темнокожих гнома», обладавшие, согласно легендам, магическими способностями и приносившие удачу этому племени.

По другой версии, в отместку за приставание к женщинам своего племени мужчины сайсият обманули «гномов»: они пригласили их на большой пир, а потом отправили на смерть, перерезав мост, когда возвращавшиеся домой гости пересекали по нему большое ущелье. После этого выжившие старейшины племени «невысоких темнокожих людей» наложили проклятие на сайсият, и их посевы засохли. Вскоре представители племени стали умолять о прощении. Старейшины согласились при условии, что сайсияты будут исполнять танцы племени «гномов», чтобы умилостивить духов мёртвых, иначе урожай пропадёт. Кроме того, сайсияты должны были быть трудолюбивыми, справедливыми, честными и терпимыми в отношениях с другими племенами.

Праздник Па-таай проводится каждые два года в десятое полнолуние (примерно 15 октября по лунному календарю) после сбора урожая и длится четыре дня и три ночи. В нём принимают участие все представители этого племени, а большой Праздник Па-таай проводится раз в десятилетие. На церемонии участники наряжаются в традиционные богато украшенные одежды с колокольчиками, которые позволяют соединиться с миром духов. В это время запрещено ругаться и конфликтовать, забываются все ссоры, обиды, разногласия и споры. Традиция племени сайсият гласит также, что тот, кто плохо себя ведёт во время церемонии, впоследствии неминуемо пострадает от неприятностей и невзгод.

Упомянем также и о традициях племени *пуюма*. Пуюма – самая влиятельная этническая группа среди аборигенов Тайваня. Представители данного племени проживают в юго-восточной части Тайваня, на равнине и окружающих её холмах в районе города Тайдун. Самый известный праздник племени пуюма называется *Праздник обезьян*, или *Великий праздник охоты*, проводимый ежегодно в конце декабря. Он считается наиболее характерной традиционной церемонией этого племени. Праздник обезьян – своеобразный обряд посвящения юношей во взрослых мужчин. Во время его проведения молодые люди племени должны пройти ряд суровых и непростых испытаний. Среди них наиболее важным является способность убивать обезьян бамбуковыми шестами (сейчас, конечно, живых обезьян заменили на модели, изготовленные из ротанга), чтобы развить и упрочить храбрость, укрепить телосложение, а также воспитать боевой дух будущих мужчин – охотников, добытчиков, защитников и воинов.

Ещё существует интересный обычай племени *рукай*, представители которого живут, в основном, в уездах Пиндун, Гаосюн и Тайдун – *Праздник чёрного риса*, названный в честь того, что это было когда-то главным блюдом в их рационе, но уже редко можно увидеть сегодня. Примечательно, что фестиваль выполняет сразу две функции: во время его проведения воздаются молитвы об обильном урожае и в то же самое время – это традиционный брачный ритуал: здесь можно сделать предложение будущей невесте и сыграть свадьбу.

В городе Тайдуне на востоке острова в ноябре ежегодно проводится традиционный Фестиваль австронезийской культуры, или Международный фестиваль коренных культур, основной целью которого является сохранение и культивирование традиций коренных племён Тайваня, а также стремление воспитать и привить чувство национальной гордости молодому поколению тайваньцев, популяризировать в современном мультикультурном и всё более глобализирующемся тайваньском обществе традиционную народную культуру и традиции.

Говоря же о проблемах, связанных с реалиями жизни коренного населения на Тайване, то если в исторической ретроспективе посмотреть на травмы, нанесённые коренным народам всего мира, Тайвань здесь не будет являться исключением. Его постигла та же участь колонизации – потеря земли, языка, самобытности и культурных реалий. Как и другие коренные народы, жители Тайваня подвергались притеснениям со стороны различных иностранных режимов и колониальных правительств, особенно пострадав во времена японского правления в к. XIX – нач. XX вв., а также в период правления Гоминьдана в середине XX в. В современном тайваньском обществе существует целый ряд насущных проблем, связанных с политикой по отношению к коренному населению. Несмотря на то, что в последние годы для представителей «малых народов» Тайваня создаются новые рабочие места, а их дети имеют определённые квоты и льготы на поступление в государственные образовательные учреждения, в том числе и университеты, аборигенов всё ещё пока довольно редко назначают на руководящие государственные должности. А создание национальных и этнопарков на территориях, исконно принадлежавших коренному населению, порой приводит к вынужденному переселению их представителей. Сегодня аборигены вынуждены зарабатывать на жизнь, устраивая фольклорные выступления перед туристами, воссоздавая аутентичный «этнический колорит» и атмосферу жизни аборигенного населения страны. Серьёзной проблемой остаётся и фактическое исчезновение языков некоторых племён аборигенов, также есть определённые препятствия в сфере образования. Однако несмотря на существующие трудности и проблемы, руководство страны выделяет значительное государственное финансирование музеям и культурным центрам, посвящённым коренному наследию, сохраняя тем самым бесценное наследие народностей Тайваня. Правительство оказывает серьёзную поддержку коренным жителям: сегодня на официальном государственном уровне принимаются соответствующие законы, направленные на сохранение культуры и развитие языков «малых народностей» Тайваня, существуют специальные программы финансовой помощи, поддерживаемые государственными и частными организациями.

В 2016 году президент Китайской Республики (Тайваня) *Цай Ин-вэнь* одобрила предложение, согласно которому 1-е августа на Тайване было провозглашено *Днём коренных народов*.

Соединение различных этнических групп и народов в единую нацию, сохранение и развитие традиционных культур Тайваня в их тесном взаимодействии создаёт уникальное мультикультурное общество, которое, в свою очередь, формирует современное независимое государство Тайвань, исторические корни которого берут своё начало именно в традициях и культуре коренного населения острова.

第二章

城市
Города

5. 臺北

　　臺灣面積最大、擁有最多人口的首都——臺北，雖無如同羅馬、聖彼得堡等擁有好幾世紀的宏偉歷史與建築傑作，卻有諸多特色使其成為獨樹一幟、充滿文化底蘊與生命力的年輕都市。市內留有前人開拓的遺跡，而最能體會當代臺北生活氛圍與節奏的莫過於世貿中心與臺北 101 的重點開發區了。此外，人們也能漫步在淡水街頭，欣賞河海相接的港口之美，順道走訪老街體驗古早味。迪化街也是十分受歡迎的景點之一，販賣果乾、香料、中藥材等老字號商家林立，絕不讓旅人們空手而歸。若是喜愛自然的朋友們，台北植物園、板橋林家花園等，必能讓您在大自然的懷抱中體驗到中華文化建築藝術之美。此外還有鶯歌、貓空、北投等各有特色的地區等著遊客們一一尋訪。不論您來自何方、喜好為何，都能在這個高度發展又多采多姿的城市中找到自己的歸屬。

Панорама Тайбэя

5. Тайбэй

Давайте познакомимся с Тайбэем – столицей Тайваня, самым крупным по площади и численности населения городом нашей страны. Здесь, в Тайбэе, конечно, нет таких шедевров архитектуры и уникальных дворцово-парковых комплексов, какие демонстрируют нам, например, Рим, Париж или Петербург. Удивляться не стоит: это города с многовековой историей, а Тайбэй совсем молод. Всего около 150 лет назад долина реки Даньшуй была заселена крестьянами, которые выращивали здесь рис и овощи. Но, как заметил в начале XVII века знаменитый китайский писатель *Вэнь Чжэн-хэн*, «мы не можем, идя по стопам великих мужей древности, поселиться на горных пиках или в глубоких ущельях, а потому находим себе пристанище в многолюдных городах». На Тайване это высказывание звучит очень актуально: сегодня пятая часть более чем двадцатитрёхмиллионного населения острова живёт в Тайбэе и его окрестностях.

На самом деле, Тайбэй – это удивительный город со своей неповторимой атмосферой, и у вас будет возможность самим в этом убедиться. Хотя, как уже было сказано, здесь нет впечатляющих архитектурных ансамблей, но есть много мест, где приятно просто побродить, отдохнуть, полюбоваться окружающей природой и куда всё время хочется вернуться. Храмы и монастыри Тайбэя притягивают своей красочностью и таинственностью. Следует также отметить, что для жителей мегаполиса люди здесь необыкновенно дружелюбны.

Конечно, как в любой столице мира, тут можно увидеть и автомобильные пробки, и толпы народа в часы пик, и загрязнённый воздух. Но при этом

Тайбэй обладает особым обаянием и притягательностью, а гулять по улицам и паркам можно без каких-либо опасений даже глубокой ночью.

Сегодня, глядя на тайбэйские небоскрёбы из стекла и стали, на многоярусное переплетение транспортных развязок, трудно себе представить, что этот современный мегаполис ещё совсем недавно был простой деревушкой.

В 1875 году губернатор *Шэнь Бао-чжэнь* подал прошение на имя императора о выделении средств на строительство городской стены в районе между поселениями *Мэнцзя* (это современный район *Ваньхуа*), *Да-дао-чэн* (нынешняя улица *Дихуа* с прилегающими к ней кварталами) и «внутренним городом». Вскоре прошение было удовлетворено, и за несколько лет здесь была возведена городская стена традиционной прямоугольной формы с пятью воротами. Так на 10-м году правления императора *Дэ-цзуна* династии Цин, в 1884 году по европейскому летоисчислению, Тайбэй получил официальный статус города – был окружён городской стеной, ворота которой запирались на ночь. Стены давно нет, от неё сохранились лишь *Северные Ворота* и *Малые Южные Ворота*. Они ярко выделяются среди окружающих довольно однотипных зданий, и в то же время это соседство позволяет в полной мере ощутить, как изменился Тайбэй за прошедшие годы.

Чтобы узнать Тайбэй, ощутить его ритм, почувствовать ароматы и запахи, постараться понять его душу, нужно пройтись по деловому центру в районе «*Башни 101*» и «*Тайбэй сити холл*» (*здание городского правительства города Тайбэя*), обойти величественные мемориальные комплексы *Сунь Ятсена* и *Чан Кайши*, отдохнуть в одном из многочисленных парков города, например, неспешно пройтись по самому большому в городе парку «*Даань*» или погулять в Ботаническом саду и посмотреть на цветущие лотосы, потолкаться на ночных рынках, в частности, самом известном ночном рынке Тайбэя – «*Шилинь*», попробовав там экзотические по виду, вкусу и запаху блюда тайваньской кухни, например *чоу тофу – вонючий тофу*, а также диковинные тропические фрукты, поторговаться с местными торговцами и приобрести какой-нибудь простой, но оригинальный сувенир. В районе *Даньшуй* (*Тамсуй*) можно пройтись по набережной одноимённой реки и дойти (или прокатиться на кораблике) до её устья – места, где река впадает в океан, и погулять по рыбацкой гавани. В этом же районе вы можете прогуляться по кварталам «колониального испано-голландского периода» Тайваня XVII века и осмотреть памятники колониальной архитектуры, например форт *Санто-Доминго*, или *Хунмао-чэн* («*Крепость рыжеволосых*»).

Северные Ворота Ченгена

Ещё одно интересное историческое место – район улицы *Дихуа*. Первые дома здесь были построены ещё в начале XIX века эмигрантами с материка, которые развили высокую коммерческую активность и превратили эту часть города в крупный торговый район. Позднее там начали строить свои дома и открывать магазины иностранные купцы. В период правления на Тайване японцев это место облюбовали японские торговцы и предприниматели, постепенно реконструировав и превратив его в деловой и торговый центр того времени. Сейчас мы видим здесь несколько торговых улиц, словно переместившихся в наши дни из далёкого прошлого: магазинчики размещаются в зданиях традиционной архитектуры, повсюду улавливаются экзотические ароматы – ведь этот рынок известен всем в Тайбэе как рынок сухофруктов, чая, специй и разнообразных целебных трав, лекарственных растений и прочих снадобий традиционной китайской медицины. Уйти отсюда с пустыми руками просто невозможно. Пройдитесь по улочкам этого района, загляните в лавочки и кафе, почувствуйте атмосферу старого Тайбэя, – и вы ощутите незримую связь прошлого с настоящим.

Следующее место, которое вы можете посетить, – Ботанический сад. Он расположен в центре города за высокой стеной. Собственно, первоначально стена окружала дворец градоправителя из династии Цин, позднее, во времена японского правления, здесь была резиденция наместника, пока он не построил себе прекрасное большое здание – нынешний Президентский дворец. Сейчас в отреставрированном старом дворце располагается Национальный музей истории. Сам Ботанический сад заложили японцы более ста лет назад. Сохранились деревья, посаженные ещё в те времена, среди них – индийское дерево Бо, гигантский бамбук, каучуковые и кофейные деревья. Здесь гнездятся редкие птицы, по ветвям прыгают чёрные белки, в прудах, что находятся позади здания музея, обитает множество рыб, которых так любят кормить посетители.

Раз в году парк оказывается в центре всеобщего внимания – в середине июля наступает сезон цветения розовых лотосов. Посмотреть на это чудо приезжают сотни гостей и жителей Тайбэя и Тайваня.

Любителям природы можно порекомендовать посетить резиденцию *Линь Юаня* и семейный сад семьи *Линь* в районе *Баньцяо*. Это один из наиболее хорошо сохранившихся и дошедших до нас образцов традиционного китайского дворцово-паркового искусства.

Если вы любите животных, то можно порекомендовать вам посетить тайбэйский зоопарк, расположенный в одном из самых живописных, тихих и зелёных районов города – *Мучжа*, там же по канатной дороге можно подняться на гору *Маокон* (*Маокун*), погулять по чайным плантациям, полюбоваться видом цветущих растений и обилием зелени, посидеть – отдохнуть и вкусно поесть, попробовав местные блюда и выпив несколько пиалочек вкусного ароматного чая, при этом вы можете продегустировать и оценить вкус различных сортов зелёного и чёрного чая (кстати, выращенного и собранного здесь же, на этих плантациях). Гуляя по Маокону или сидя в одном из многочисленных кафе и ресторанчиков на горе, вы заодно сможете насладиться панорамой Тайбэя: город отсюда виден как на ладони, а его основная достопримечательность – небоскрёб «*Тайбэй 101*» (или «*Башня 101*») – прекрасен в любое время суток. Это архитектурная доминанта и, конечно, главный символ города. Особенно прекрасен он вечером, когда разноцветными огоньками иллюминации здание окрашивается в различные цвета…

Любителям активного и необычного отдыха можно посоветовать посетить горячие источники в районе *Бэйтоу* или пригороде *Улай*. А можно подняться на гору Янминшань и провести там целый день, гуляя по Национальному парку и наслаждаясь красотой гор, прекрасными видами и панорамой Тайбэя с высоты птичьего полёта.

Если вы соберётесь за город, то советуем вам посетить местечко *Ингэ*, которое издавна славится своими керамическими изделиями и мастерами глиняного дела, гончарного ремесла. Керамика всегда была для Китая и Тайваня национальным искусством. Сегодня эту традицию продолжает множество искусных умельцев, создающих утончённые произведения, которые можно увидеть на выставке местного музея керамики. Здесь же вы можете приобрести разнообразную посуду: тарелки, плошки, чашки, пиалы, чайники, вазы и недорогие оригинальные сувениры.

Наверняка каждый найдёт для себя в Тайбэе что-то своё, какое-нибудь любимое место или уютный уголок в этом большом, современном, динамичном и продолжающем стремительно развиваться мегаполисе. Мы надеемся, что у вас останутся яркие впечатления от посещения нашего города. Пусть они надолго сохранятся в вашей памяти!

6. 臺中

　　人口僅次於新北的第二大城——臺中，位處臺灣西部的樞紐位置，一直是經濟、交通、文化的重鎮。由古至今的歷史積累，豐富城市面貌，讓臺中成為新舊交容的城市，吸引不同的旅人前來遊玩。若是喜歡傳統建築的旅客，那麼古色古香的紫雲巖，會讓你懾服於傳統建築的美。若是喜歡自然科學的旅人，國立自然科學博物館絕對可以滿足你對科學的好奇。喜歡文化的朋友，具有設計感的國家歌劇院是必訪的打卡景點。同時臺中各色各樣的百貨商場也能滿足愛逛街的人的需求。臺中的好天氣也適合四處踏青，花田和河岸都是週末來場輕旅行的好選擇。還在想週末要去哪玩嗎？臺中不會讓你失望的。

Болотистая местность Гаомей

6. Тайчжун

• •

Примечательная особенность названий основных городов Тайваня заключается в том, что по ним можно изучать географию острова. Судите сами: столица, находящаяся в северной части острова, называется Тайбэй, что можно перевести как «Северная Башня». В свою очередь на юге расположена вторая, историческая столица Тайваня – город Тайнань, – «Южная башня». Соответственно, на восточном побережье мы найдём Тайдун – «Восточную башню». Исходя из этой логики, нетрудно догадаться, что в центре острова раскинулся второй после Тайбэя по численности населения город Тайваня – Тайчжун, – «Центральная башня». Давайте коротко познакомимся с этим городом, его историей, основными достопримечательностями и наиболее интересными реалиями современной жизни.

Строго говоря, город расположен не в самом центре острова, а на Западном побережье, или в центре западной части Тайваня. Основан Тайчжун был в 1705 году на месте поселения, первоначально называвшегося *Дадун* (букв. *Большой курган*). В более ранний исторический период эти территории, составляющие современный Тайчжун, населяли тайваньские племена аборигенов, в частности, *атаял*, а также ряд племён аборигенов Тайваньских равнин. Аборигены были охотниками, они выращивали просо и таро. В 1721 году с целью усиления контроля династии Цин над этими территориями на месте нынешнего *Парка Тайчжун* был основан военный гарнизон. Сегодня об этом напоминает лишь небольшой холм, который можно увидеть в этом парке. Своё современное название – *Тайчжун* – город получил в конце XIX века благодаря японцам. После поражения Цинской империи в первой японо-китайской войне по условиям Симоносекского договора в 1895 году остров Тайвань был передан Японии. В 1896 году японскими властями была создана префектура Тайтю, что по-китайски читается как «Тайчжун» – отсюда и берёт начало этот топоним, а официально Тайчжун был переименован и объявлен японскими властями городом в 1920 году. Именно здесь, в Тайчжуне, находился эпицентр одного из самых сильных и страшных землетрясений в истории Тайваня магнитудой в 7,2 баллов по шкале Рихтера, которое произошло в 1999 году и привело к гибели огромного числа населения, нанеся огромный ущерб инфраструктуре города.

Если говорить о погоде, то можно сказать, что она вполне соответствует субтропическому климату Тайчжуна и считается наиболее благоприятной на острове: зимой здесь не так холодно, как на Севере, а летом – чуть менее жарко, чем на Юге. Благодаря такому характеру климата (влажный субтропический, граничащий с тропическим муссонным) воздух здесь на редкость сухой и свежий, что объясняется открытым расположением города и относительно близким расположением от Тайваньского пролива. Средняя влажность воздуха – 80 процентов. Среднегодовая температура воздуха колеблется в пределах + 23°С.

Несмотря на то что Тайчжун никогда не был столицей (хотя в XIX в. такие планы и существовали), можно сказать, что этот город хорошо известен своими культурно-историческими памятниками. Один из наиболее известных и популярных у жителей Тайваня и иностранных туристов храмов – *Храм Конфуция*. Прежде всего он привлекает внимание своим не совсем типичным для традиционной храмовой архитектуры обликом. Особенно это касается крыши храма, коньки которой не загнуты вверх, словно хвосты драконов, как у других храмов, а наоборот, – плавно сгибаются вниз, как будто бы стремясь

Тайчжун. Городской фотопейзаж

быть поближе к земле. В таком нетипичном дизайне есть своя логика: достаточно вспомнить о том, что дела земные интересовали Конфуция куда больше, чем дела небесные. Сегодня это место, куда люди приходят не только молиться или изучать особенности конфуцианства, но и просто расслабиться, прислушаться к себе и своим мыслям. Каждый год, в день рождения философа, 28 сентября, в храме проводятся торжественные церемонии с использованием традиционных пышных одеяний и древних ритуалов. Этот праздник официально отмечается на Тайване как День учителя.

Ещё одной из главных достопримечательностей Тайчжуна является другой известный храм – *Храм Счастливого Будды*, находящийся в северной части города. Он известен благодаря тому, что здесь установлена самая необычная

30-метровая статуя, которая называется *Смеющийся Будда Майтрейя*: это одно из самых больших по размеру и крупных по фигуре скульптурных изображений Будды на всём острове. Скульптура, изображающая Будду с оголённым круглым животом, находится в углу храмового комплекса и окружена множеством более мелких скульптур такого же «смеющегося Будды». Внутри пьедестала статуи находится специальное помещение для проведения служб.

Немало в городе и других культурно-просветительских достопримечательностей, музеев и выставок. Наиболее известный и популярный музей города – *Государственный музей естественных наук*. Это один из самых посещаемых музеев на Тайване. Каждый год он принимает более трёх миллионов посетителей, лишь незначительно уступая по их количеству Музею императорского дворца (Гугун) в Тайбэе и Тайбэйскому зоопарку. Экспозиции музея посвящены зоологии, ботанике, геологии и антропологии. Экспонаты расположены на специальных стендах, многие из них представлены в виде интерактивных моделей, которые в занимательной, максимально наглядной, красочно иллюстративной и исчерпывающе информативной форме рассказывают о различных сторонах науки и техники, что делает посещение музея незабываемым как для взрослых, так и, в первую очередь, для детей. А ещё одной из главных особенностей музея является входящий в музейный комплекс стереокинотеатр «Космос».

Любителям изобразительного искусства рекомендуем посетить *Тайваньский государственный музей изящных искусств*, открытый в 1988 году. Его коллекция насчитывает более 10 тысяч экспонатов и включает в себя произведения разных эпох. Собрание музея, посвящённое тайваньскому искусству, считается крупнейшим в мире. Здесь часто проводятся международные выставки, куда привозят экспонаты из ведущих музеев планеты. Мы уже говорили в самом начале о разрушительном землетрясении 1999 года. В память об этом событии в Тайчжуне открыт мемориальный *Тайваньский музей землетрясения 921*.

Любителям театра рекомендуем посетить *Национальный театр*, здание которого, построенное в ультрасовременном стиле и по последнему слову техники, также сегодня уже стало одной из популярных достопримечательностей города. Помимо большого и камерного залов, на нескольких этажах расположились кафе и многочисленные прилавки, предлагающие богатый ассортимент сувенирной и кондитерской продукции, книжные лавки, выставочные залы, изящно декорированные рекреационные пространства; на верхних этажах расположены смотровые площадки, большой банкетный зал и уютный панорамный ресторан. Отдельного упоминания заслуживает крыша, которая специально оборудована для прогулок и обозрения панорамы города. Она напоминает какую-то «другую планету»: архитектурное своеобразие расположенных среди цветников и газонов технических строений наводит на мысль о космических путешествиях и плодах фантазии внеземного разума.

Как и во многих крупных городах Тайваня, вечер – традиционное время отдыха и активных развлечений, это время дружеских встреч и посиделок в многочисленных кафе, барах, ресторанах. Так и в Тайчжуне: вечер – это пора общения, знакомств и любви. Излюбленным местом для такого общения и встреч, помимо парков, клубов и ресторанов, являются знаменитые тайчжунские ночные рынки. Самым популярным из них по праву считается ночной рынок *Чжунхуа*, расположенный вдоль одноимённой улицы в центре города. Сегодня он стал настоящим культурным центром ночной жизни

Тайчжуна. Другой популярный ночной рынок – *Фэнцзя*, который был основан в 1963 году, считается крупнейшим на острове.

Не останетесь вы в Тайчжуне и без покупок, особенно в главном торговом районе города, расположенном вдоль *улицы Чан Кайши*, недалеко от железнодорожного вокзала: здесь вы найдёте множество больших универмагов и супермаркетов, не говоря уже о бесчисленных мелких лавочках и небольших магазинчиках, где можно приобрести всё что душе угодно, начиная от традиционного китайского шёлка и заканчивая лекарственными травами… Во всех информационных источниках о Тайчжуне вы без труда найдёте информацию о первой настоящей торгово-пешеходной улице на Тайване – *Первой улице Цин Мин*, которая стала сердцем и душой торговой жизни города. Поражает и внешний облик этих зданий, построенных в различных архитектурных стилях. Здесь расположено огромное количество баров, ресторанов, кафе, предлагающих самый разнообразный ассортимент блюд и напитков, включая местные «специалитеты» и традиционные десерты. Эти кафе и ресторанчики – излюбленное место отдыха местных жителей, которые любят приходить сюда спокойными тёплыми вечерами и наслаждаться местной кухней. Кстати, будучи в Тайчжуне, вам непременно надо попробовать местный молочный жемчужный чай! Считается, что этот вид чая был создан именно здесь.

Выращивание и производство чая является важным элементом экономики Тайчжуна, равно как и текстильная промышленность, автомобилестроение, производство мебели, велосипедов и спортивных товаров и даже выращивание цветов. Сфера высоких технологий – ещё одна высокоразвитая отрасль промышленного комплекса – представлена производством микросхем, жидкокристаллических мониторов, электроники и бытовой техники. Кроме перечисленного, в Тайчжуне процветает и сфера туризма.

В заключение нельзя не сказать и о том, что Тайчжун и его окрестности также богаты парками и природными зонами отдыха. В городской черте особого внимания заслуживает *«Фольклорный парк Тайчжуна»*. Основанный в 1990 году, парк стал культурно-историческим центром, экспозиции которого посвящены как местным аборигенским культурам Тайваня, так и выходцам из китайской провинции Фуцзянь и народу хакка. На территории парка расположен музей, где собрано множество образцов архитектуры и более 3000 интересных этнографических экспонатов, повествующих о культуре этих народов. Здесь же, в маленьких двориках, стилизованных под старину, часто проводятся выступления танцевальных, музыкальных, цирковых и прочих народных творческих коллективов.

Кроме того, пригороды Тайчжуна могут похвастаться живописными пейзажами горных ландшафтов. Помимо зелёных заповедников, о которых нужно говорить отдельно, упомянем такие интересные для посещения места, как горячий источник *Гугуань* и популярную у тайваньцев и иностранных туристов болотистую местность *Гаомей* близ устья реки *Дацзя*. Ежегодно осенью сюда прилетают на зимовку большие стаи перелётных птиц, поэтому любители птиц любят приезжать сюда, чтобы понаблюдать за ними. Установленные здесь для выработки электроэнергии ветрогенераторы придают этому месту особую живописность. Тем, кто любит цветы, надо обязательно посетить цветочный рынок *Чжонгше* и лавандовые поля недалеко от города. И конечно, вам надо обязательно посетить жемчужину острова – *Озеро луны и солнца*, которое также находится в этом регионе Тайваня.

Даже проведя только один день в Тайчжуне, вы получите массу незабываемых впечатлений и ярких позитивных эмоций, насладитесь местной кухней и почувствуете контраст темпа жизни Тайбэя и «нестоличного» тайваньского мегаполиса…

7. 臺南

臺南和臺北的關係，就像聖彼得堡之於莫斯科。臺南是臺灣最早建城的城市，最早可追溯至 17 世紀。造訪古都臺南，就像漫步在歷史中，轉個彎便與淵遠流長的廟宇與古蹟相遇，細數百年的城南舊事。旅人能走進全臺首學的孔廟，見證臺灣教育發揚之地；踏入各大廟宇，一窺傳統信仰的傳承；重遊古堡城門，遙想舊城軼事。臺南也譽有美食之都的封號，不論是清甜的牛肉湯、肥美的虱目魚肚，還是撒上魚鬆和肉燥的米糕，這些在地美食與古早味小吃是臺灣飲食文化的重要起源，也承載了臺南 300 多年的歷史回憶，來臺南一定要品嘗看看。

Ворота Храма Конфуция

7. Тайнань

• •

Как и в России, на Тайване существуют не одна, а две столицы. Если в России это Москва и «Северная столица» – Петербург, то здесь – это Тайбэй, а историческая столица острова – город *Тайнань* на юге острова, точнее, в юго-западной, тропической его части, омываемой водами Тайваньского пролива. Хотя он не входит в тройку крупнейших городов Тайваня, но, безусловно, это один из интереснейших регионов с богатым прошлым и живописной природой. Традиционные узкие переулки исторической части города, великолепные старые дома и древние храмы резко контрастируют с аналогичным городским ландшафтом Тайбэя, Тайчжуна или Гаосюна. Тайнань представляет собой старый, традиционный Тайвань: именно здесь вы можете ощутить аромат многовекового прошлого острова, окунуться в атмосферу «преданий старины глубокой». Сменялись правящие династии, остров переходил под власть разных империй, да и сам город на протяжении всей своей истории переживал периоды активного развития и упадка, неоднократно возрождаясь практически из полного забвения, так что сами тайваньцы называют его городом-фениксом. Сегодня Тайнань – это устойчиво и динамично развивающийся город с возрастающим притоком населения, привлекающий множество туристов.

Трудно коротко, лишь в нескольких абзацах представить Тайнань во всём его разнообразии, поэтому постараемся рассказать о нём самое важное, интересное и полезное...

Тайнань считается старейшим городом Тайваня: данные раскопок свидетельствуют о том, что это место было заселено предположительно уже более 20000 лет назад. О богатой истории города говорит множество сохранившихся и дошедших до нас исторических и архитектурных памятников. Можно сказать, что благодаря такому насыщенному историческому прошлому Тайнань, как и Петербург, традиционно считается «культурной столицей»: город является признанным культурным и религиозным центром Тайваня. Он славится своими храмами, историческими зданиями, другими архитектурными и скульптурными памятниками. А ещё многие тайваньцы по праву считают этот город «гастрономической столицей» и приезжают сюда, чтобы попробовать блюда местной кухни.

Итак, Тайнань, как мы уже отметили, – старейший город острова и его первая столица. Официальной датой его основания можно считать1624 год. Основали город голландские колонисты, представители Ост-Индской компании, прибывшие на Тайвань двумя годами ранее – в 1622 г. В 1624 г. они построили небольшой форт под названием «*Апельсин*» на песчаном полуострове, который был ими назван *Даюань*. Затем форт был расширен и переименован в *Форт Зеландия*. Сегодня этот район называется *Аньпин*.

В 1661 году, после того как самый известный китайский пират по имени *Чжэн Чэнгун* (более известный в европейских источниках как *Коксинга* – так его называли голландцы) изгнал голландцев с острова, Тайнань был провозглашён столицей Тайваня (и оставался ей вплоть до перенесения столицы в Тайбэй в 1887 г.). Именно с этого времени начинается бурный рост города, чему способствовал активный приток населения, а основную его массу составили переселенцы из материкового Китая.

Новая волна экономического и социального развития связана с периодом японского правления на острове (напомним, что в 1895 году, после поражения Китая в японо-китайской войне, Тайвань оказался под властью Японии), так что в конце XIX в. в Тайнане активно развивается промышленность, помимо прочего, были построены школы, больницы, здание суда, мэрия, радиостанция, проложены дороги и магистрали, отвечавшие самым современным на тот момент требованиям, вступила в строй железная дорога, был открыт аэропорт. Японцы существенно преобразовали Тайнань: город приобрёл новый, более современный городской дизайн, старые городские стены, маленькие улочки и узкие переулки были снесены – их заменили широкие улицы и проспекты, которые и сегодня образуют городской пейзаж нынешнего центра Тайнаня.

Тайнань, как самый древний город Тайваня, богат историческими и культурными достопримечательностями. В первую очередь вас может удивить большое количество храмов различных религиозных конфессий, причём едва ли не всех религий мира. Конечно, большинство храмов – буддийские, но именно за такое многообразие Тайнань получил неофициальное прозвище *«Город ста храмов»*. Самый известный, почитаемый и посещаемый туристами храм, конечно же, *храм Конфуция*.

Храм Конфуция, или *Святой Храм Великого Учителя*, был построен в 1665 году и являлся не только первым конфуцианским храмом на Тайване, но он стал и первым образовательным учреждением для чтения лекций и воспитания интеллектуалов – это было первое учебное заведение для детей на острове, поэтому Храм Конфуция иногда называют «Первой Школой (или даже Академией) на Тайване». При возведении храма при нём были построены специальные помещения, которые служили учебными классами. Архитектурный облик храма в целом очень необычен и не похож на традиционную архитектуру других храмов Тайваня.

Однако, как мы уже сказали, в этом городе много других интересных и достойных внимания храмов. Назовём лишь некоторые из них, например, храм *Гуань Гун* (*Тайнаньский военный храм жертвенных обрядов*), более известный как *Официальный храм Бога войны* – именуемый так благодаря божеству, которому он посвящён. Этот тайнаньский храм – один из наиболее хорошо сохранившихся и дошедших до нас древних храмов Тайваня, построенный во времена династии Мин, вероятно, около 1665 года. Некоторые из традиций прошлого сохранились и по сей день: так, например, художники и поэты по-прежнему собираются вокруг сливового дерева, посаженного здесь в XVII веке, влюблённые приходят сюда за благословением, стремясь обрести крепкую взаимную любовь, а школьники и студенты молятся в надежде получить хорошие оценки на экзаменах, прочие же приходят поклониться богу войны, надеясь одержать победу в конфликтах или спорах.

Ещё одна достопримечательность города – бывший дворец принца династии Мин *Чу Шукея*, созданный в 1664 году. В 1683 году он был перестроен в храм и посвящён богине моря *Мацзу*, одной из самых почитаемых богинь Тайваня, которая считается покровительницей и защитницей моряков и рыбаков. Сегодня этот храм известен как *Большой храм богини Мацзу*. На день рождения богини Мацзу,

Тайнань славится своей кухней

отмечающийся в третий день третьего лунного месяца (по обычному календарю это конец апреля или начало мая), в Тайнане обычно проходят весёлые шумные гуляния.

Храм госпожи Линьшуй Ма посвящён богине рождения и плодородия. Он является одним из старейших и наиболее почитаемых в Тайнане. *Госпожа Линьшуй* – божество, рождённое на основе легенды о женщине по имени *Чэнь Цзингу*, жившей в начале XVII в. Как говорят, она была дочерью (или аватаром) богини *Гуаньинь*. Чэнь Цзингу с самого рождения была одарённым ребёнком, а говорить и писать она начала вскоре после того, как научилась ходить. О её жизни ходит множество легенд, образ Чэнь Цзингу широко представлен в популярных фильмах и в художественной литературе. Первоначально храм был построен в 1736 году. Тогда это была просто соломенная хижина, а в 1886 году его перестроили уже в виде более современного каменного здания. Ни в одном другом храме города нет такого количества женских образов. Одна из его главных достопримечательностей и особенностей – изящные изображения женщин-богинь на дверях храма.

Другой весьма почитаемой на Тайване богине – *Гуанинь*, всевидящей и сострадательной, посвящён храм *Митуо*, созданный в 1718 году и олицетворяющий собой традиционную архитектуру классического китайского стиля. Уникальна в храме не только архитектура, но и удивительная цветовая палитра, а сам храм украшен многочисленными колоннами ярко-красного цвета, декорированными причудливым орнаментом. В самом сердце храма находится главное сокровище – статуя тысячерукой богини Гуанинь, выполненная из чистого золота.

Коротко упомянем также самый большой храмовый комплекс *Часхи*, включающий в себя не только здание самого храма, но и пагоды, парки с искусственными водоёмами, прудами, ручьями и переброшенными через них мостиками. Вход в монастырь охраняют храмовые ворота со скульптурами белых слонов. Храм построен в традиционном стиле азиатской архитектуры и сочетает в себе удивительный восточный орнамент и яркие цветовые формы.

Популярное среди паломников и туристов место – храм *Тьен-Тан*, который часто называют Даосской святыней или Небесным алтарём. Храм посвящён *Нефритовому императору* – верховному даосскому божеству. Тайваньцы верят в судьбу и приходят к Небесному алтарю помолиться о счастье и благополучии, а также в надежде изменить свою судьбу. Особо почитаем здесь девятый день первого лунного месяца – Священный день рождения Нефритового Императора.

Назовём и даосский храм, куда люди приходят, чтобы пообщаться с душами своих умерших родственников или избавиться от надоедливых духов, обитающих в их домах, – *«Восточная Гора»*. Этот необычный по архитектуре храм распложен в очень живописной местности и является одним из самых популярных памятников культуры Тайваня.

Из других излюбленных у жителей и гостей города исторических достопримечательностей, помимо уже названного форта Аньпин, упомянем также другой форт – *Провинтиа*, построенный голландцами в 1653 г., чтобы контролировать город. Сегодня это место более известно как *«Башня Чихан»*. Рядом с ней можно увидеть скульптуру лошади, у которой сломаны ноги. По местной легенде, сразу после строительства форта, установленная здесь статуя лошади превратилась в ужасного демона, который оживал по ночам и пугал людей. Когда демона наконец изловили, то в назидание ему переломали ноги.

Одним из сохранившихся памятников древней городской архитектуры являются *Большие Восточные ворота*, которые были построены в 1725 году и стали одной из знаковых достопримечательностей Тайнаня. По вечерам они подсвечиваются, что делает их похожими на Триумфальную арку в Париже. К сожалению, большинство ворот и стен были разрушены во время японской оккупации Тайваня, однако сохранились и дошли до наших дней также и *Большие Южные ворота*, окончание строительства которых датировано 1736 годом (когда была достроена и городская стена). Именно эти ворота, самые большие в городе, считаются единственными полностью сохранившимися до нашего времени в первозданном виде из 14 им подобным. Благодаря тому что эти ворота имеют форму полумесяца, их также называют «Лунными Воротами». Одна из их интересных особенностей – то, что они состоят из двух элементов: Внешние ворота, оформленные в стиле Великой Китайской стены, ведут во двор перед Главными воротами. Уникальны Большие Южные ворота и своей огромной коллекцией глиняных табличек, привезённых сюда со всех концов Китая во времена японской оккупации. Всего таких табличек 61, но все они отличаются друг от друга возрастом, размерами и формой. Именно поэтому это место ещё называют «библиотекой».

В Тайнане вы найдёте и множество интересных музеев, среди которых мы, в первую очередь, хотим представить *Государственный музей истории Тайваня* и *Государственный музей тайваньской литературы*, расположенный в бывшей городской ратуше Тайнаня, построенной в 1916 году. Нельзя не назвать и музей, сочетающий в себе старое и новое. Это *Городской художественный музей Тайнаня*, он занимает два здания в паре кварталов друг от друга. Первое расположено в бывшем полицейском управлении, построенном в 1931 году японским архитектором *Сутэдзиро Умедзава* в стиле ар-деко. Второй корпус, или Здание № 2, построено в современном стиле, оно спроектировано архитектором *Ши Чжао-юном* и своими изящными очертаниями напоминает *делоникс королевский*, считающийся официальным деревом Тайнаня. В музее находится первый на Тайване центр исследований искусства.

Рекомендуем также посетить частный музей *Цимэй*, основанный в 1992 году *Ши Вэнь-лонгом*, крупным тайваньским бизнесменом, основателем одноимённой корпорации. Коллекция музея состоит из пяти экспозиций: Изобразительное искусство (включая живопись, скульптуру, декоративно-прикладное искусство и старинную мебель); Музыкальные инструменты; Естественная история и окаменелости; Оружие и доспехи; Древности и артефакты. Журнал «Форбс» в 1996 г. назвал музей Цимэй «одной из самых удивительных коллекций произведений искусства в мире». В 2014 году музей переехал на своё нынешнее месторасположение – в Тайнаньский столичный парк и был вновь открыт в 2015 году. Здание, построенное в европейском стиле, было спроектировано архитектором *Цай И-чэном* на основе лучших образцов классической архитектуры. Сам автор говорил о том, что на создание этого проекта его вдохновила эпоха Ренессанса и в своей работе он постарался объединить всё лучшее из западной культуры. Здание музея венчают купола: главный в центре и два по сторонам; фасад украшен пилястрами и колоннами. Благодаря тому, что оно очень напоминает Капитолий, а вокруг разбит живописный парк с большим фонтаном, в центре которого – скульптурная группа лошадей, территория музея быстро стала излюбленным местом для прогулок и особенно – фотосессий в парке и на фоне величественного здания.

И, конечно же, кроме всего упомянутого, в Тайнане вы сможете познакомиться с традиционной местной кухней, считающейся одной из самых вкусных на острове, отведать местные деликатесы, среди которых особое место занимают морепродукты и блюда, приготовленные из молочной рыбы, а также всевозможные десерты, которые также славятся и по всему Тайваню.

Если коротко говорить о промышленном потенциале города, то нужно отметить, что здесь особенно хорошо развита сахарная, текстильная и химическая промышленность.

Так как Тайнань находится на самом юге, то климат здесь тропический. Температура воздуха в июле колеблется в районе + 32 градусов. В январе она, как правило, не опускается ниже + 17, а дожди крайне редки, хотя

Форт Зеландия (Аньпин)

традиционные для Тайваня тайфуны всё же часто случаются именно на юге острова.

В отличие от других мегаполисов, Тайнань может показаться в чём-то немного провинциальным или даже несколько патриархальным, что придаёт ему известный экзотический колорит, свой особенный шарм. Здесь вы можете зарядиться особой энергией этого города, воспоминания о котором надолго сохранятся в вашей памяти.

8. 臺灣南港之門——高雄

南臺灣的高雄，就像所有港口都市一樣，有其獨特的海洋魅力。林立的摩天大廈間，仍保留綠地讓人喘息。水波蕩漾的愛河，讓人身心放鬆；或是距離市中心不遠的澄清湖，也是週末踏青的好去處。高雄著名的佛光山，莊嚴的佛像吸引許多人踩點。繁忙的國際港口更是越夜越美麗，熱鬧的六合夜市，匯聚各地的美食佳餚。如今的高雄已從傳統漁港，蛻變成工業發展的城市，在發展的同時，也保留獨特的海洋特性。

Вид на Гаосюн с моря

8. Южные портовые ворота Тайваня – город Гаосюн

Как и любой крупный портовый город мира, будь то Петербург или Мурманск, Владивосток или Новороссийск, Ливерпуль или Саутгемптон, Гонконг или Шанхай – Гаосюн обладает своей особой неповторимой атмосферой.

По духу он чем-то неуловимо напоминает Петербург: это и претензия на столичность, но в то же время и некоторый провинциализм, но главное – помимо моря и порта, одной из важнейших «топонимических хорд», как и в Петербурге, является река. В Гаосюне она имеет символическое название *Ай*, что в переводе с китайского означает «любовь». Город, центральная часть которого проходит вдоль реки, своим «фасадом» выходит в *Гаосюнский залив*. Ещё одна любопытная деталь, делающая город немного схожим с Северной столицей России, заключается в том, что его тоже можно считать «островным», хотя остров здесь всего один – *Цицзинь*, однако по некоторым историческим данным именно он является первоначальным ядром Гаосюна: однажды рыбаку по имени *Сюй Ах-хуа* удалось здесь спастись от тайфуна. Осознав привлекательность этого места, он вскоре вернулся сюда с другими китайскими переселенцами, которые и основали тут город (а одним из первых был возведён храм в честь покровительницы моряков и рыбаков – морской богини Мацзу). Произошло это в середине XVII века. Примечательно, что и сейчас этот небольшой островок служит естественным молом, надёжно защищая город и укрывая порт от волнений и суровых штормов Тайваньского пролива.

С момента своего основания в XVII веке из небольшого рыбацкого городка Гаосюн превратился в мощный экономический, коммерческий и политический центр страны. Здесь находятся ключевые для Тайваня производственные предприятия основных отраслей промышленности, в частности, перерабатывающей и обрабатывающей, химической, текстильной, пищевой; хорошо развиты нефтепереработка, производство стали, машино- и судостроение и др. А *Промышленный парк Линьхай* – крупнейший на Тайване. По сути, именно здесь, на юге острова, сконцентрирован весь экономический и промышленный потенциал Тайваня. И конечно, это важная транспортная артерия страны: помимо самого большого и важного на Тайване порта, в который заходят и мелкие рыбацкие шхуны, и огромные торговые суда со всех концов света, здесь находится второй по значимости (после Таоюаня на севере) международный аэропорт. Столица Тайбэй соединена с Гаосюном линией высокоскоростной железнодорожной магистрали. Здесь же, в Гаосюне, также находятся основные силы флота и штаб ВМФ Тайваня (Китайской Республики), равно как и Военно-морская академия. Гаосюн – второй город на Тайване, в котором появилось метро, и первый, где впервые на острове был запущен в эксплуатацию новый для Тайваня вид транспорта – скоростной трамвай. Кстати, одна из станций гаосюнского метрополитена – «*Бульвар Формоза*» – считается одной из красивейших станций метро в мире. Многие туристы специально приезжают сюда, чтобы погулять в просторном вестибюле и сфотографировать стеклянные витражи, украшающие её стены и потолок – купольный свод диаметром 30 м и площадью 660 м^2, сложенный из 4500 разноцветных пластин. Именно поэтому ему эту станцию также называют «*Купол света*».

Будучи географически расположенным на юге острова, Гаосюн имеет достаточно благоприятный – мягкий и тёплый климат. Несмотря на близость моря, влажность здесь значительно меньше, чем на севере (например, в Тайбэе) – всего 67%, а незначительное количество непогожих дней и фактически круглогодичная солнечная погода позволяет считать его практически городом-курортом. Средняя температура июля здесь составляет + 32°C, а зимой она редко когда опускается до отметки + 15°C.

Конечно, сердце города – торговый порт, занимающий огромную территорию, через которую ежедневно проходит огромное количество различных грузов, а также значительное число пассажиров с больших круизных лайнеров. Он был официально основан в 1863 году и назван «порт Дагоу» (или в другом варианте произношения «Такао») – именно так назывался этот район ещё в XVI в. (слово Такао, по одной из версий, происходит из языка местных аборигенов – представителей племени сирайя, и означает «бамбуковый лес»). В 1895 году, после поражения Цинской империи в первой японо-китайской войне и передачи Тайваня Японии, начинается новая страница его истории: японцы решили превратить эту «портовую гавань» в большой современный порт, и в начале XX века началось его интенсивное развитие, которое не прекращается вплоть до сегодняшнего дня.

С территорией порта тесно связана и одна из важных достопримечательностей города – культурно-исторический квартал «Пирс номер 2». Когда-то на этой территории находились многочисленные склады, а сегодня это модное и популярное место проведения различных фестивалей, концертов, выставок и просто для интересного и приятного времяпрепровождения. Район «Пирс номер 2» стал культурным центром с разместившимися здесь выставочными павильонами, концертными площадками, театром и кинотеатром; здесь же вы можете посетить рестораны и кафе, насладившись разнообразием вкусных местных блюд.

Архитектурной доминантой города, безусловно, является самый высокий в городе 85-этажный небоскрёб – *ТантексСкай Тауэр*, или *85 Скайтауэр*, высота которого составляет 347,5 м (а со шпилем – 378 метров). Это архитектурное сооружение необычно по своей форме: оно построено в виде иероглифа 高 «*гао*» («*высокий*») – одного из элементов в китайскоязычном написании названия города: центральная башня «поддерживается» двумя соединёнными воедино 39-этажными корпусами, под самой же башней остаётся пустое пространство. До постройки «Башни 101» в Тайбэе это было самое высокое здание на Тайване. На 75 этаже небоскрёба есть смотровая площадка, с которой открывается завораживающий дыхание вид на город.

Несмотря на то, что город – это, в первую очередь, промышленный центр, современный Гаосюн также можно считать популярным туристическим местом, где вы найдёте много интересных исторических и религиозных памятников культурного наследия Тайваня или же просто живописных уголков города: большие современные улицы, проспекты, площади и тихие маленькие улочки, переулки, уютные парки с обширными зелёными лужайками. Центральный парк Гаосюна, набережная реки Ай (Любовь), особенно в месте её впадения в море, – одно из излюбленных мест прогулок и встреч у жителей и гостей города. А для отдыха и проведения досуга в Гаосюне можно найти многочисленные развлекательные центры, бассейны, водные парки, есть свой парк аттракционов, экологические выставки и музеи.

Как и в других городах Тайваня, в Гаосюне есть популярные ночные рынки, среди которых особо выделим ночной рынок *Люхэ* недалеко от станции метро «Бульвар Формоза». Этот по-своему уникальный рынок возник ещё в

1950 году. Днём это обычная длинная улица, которая вечером превращается в оживлённое место уличной торговли.

Один из важных памятников истории, культуры и архитектуры – территория бывшего Британского консульства, которое расположено на горе *Шушань* (или *Гора Долголетия*) у самого входа в бухту Гаосюна. Само здание, построенное в 1879 году, имеет интересную историю. До окончания Второй мировой войны оно было британским военным и дипломатическим форпостом на всём острове. После окончания войны здесь в течение 41 года располагалось метеорологическое бюро. В 2003 году здание было признано исторической достопримечательностью и превращено в музей. Сегодня здесь, помимо посещения небольшой исторической экспозиции, вы можете неспешно выпить чашку настоящего английского чая, любуясь фантастически красивыми и живописными видами на город, Гаосюнский залив и море, наблюдая при этом, как солидно и неспешно мимо вас проходят входящие в гавань или выходящие из неё корабли или быстро проплывают небольшие рыбацкие шхуны. А как раз напротив бывшего Британского консульства вы увидите старый, но по сей день действующий маяк, расположенный на острове Цицзинь. Здесь же, рядом с маяком, находится *Форт Циху*, когда-то охранявший северный вход в бухту. Сам же остров можно считать небольшим курортом: для миллионного мегаполиса это поистине сказочный оазис для пляжного отдыха. На острове прекрасный песчаный пляж, оборудованный всем необходимым, и чистая, прозрачная, почти всегда тёплая морская вода. С остальным городом остров связывает паромное сообщение (паром ходит каждые 15-20 минут и за 10 – 15 минут перевезёт вас через залив), а в другой части остров с городом соединяет «*Туннель Кросс-Харбор*». Неспешно пройдясь от парома к пляжу по небольшой пешеходной улочке, вы сможете

Буддийский комплекс Фо Гуаншань

заглянуть в один из многочисленных ресторанчиков, где меню состоит из самых разнообразных обитателей глубин океана, выставленных тут же, перед входом, в больших аквариумах и на специальных лотках. Ловят их сами местные жители, а повара приготовят свежевыловленную рыбу, кальмаров, крабов, лобстеров, моллюсков и прочую морскую живность прямо при вас.

Как и в любом городе Тайваня, в Гаосюне много объектов религиозного культа, причём помимо традиционных даосских и конфуцианских храмов, в городе есть католический *Собор Святого Розария*, построенный в 1860 году испанцами, и большая мусульманская мечеть, появившаяся в городе уже в ХХ веке. Среди традиционных храмов наиболее известный и популярный – храм *Царей Трёх Гор*, расположенный в центре города. Его история насчитывает более трёхсот лет. Главная достопримечательность и реликвия храма – три деревянные статуи братьев-царей, которые в далёком прошлом оставили важный след в развитии страны. По одной из легенд, однажды какой-то человек спас жизнь императору Шуньчжи. Император хотел наградить героя, но тот отказался, сказав, что всему этому его научили три учителя: братья *Ду, Инь и Цзинь*. Тогда благодарный император сделал братьев правителями трёх разных областей в провинции Фуцзянь. В храме статуи расположены в центральном зале за позолоченным алтарем. Сам зал богато украшен фресками и традиционными письменами. Ещё один известный храм – храм *Трёх Фениксов*, который был построен в 1672 году при Цинской династии императором *Канси* как место почитания божества по имени *Нэчжа*, – это один из самых популярных персонажей китайской литературы, живший более 3000 лет назад, во времена династии *Шан-Инь*. Согласно преданию, Нэчжа был трёхголовым демоном с восемью руками, изо рта которого вырывался голубой дым, а в руках он держал золотое оружие, с помощью которого должен был исполнить главную миссию своей жизни – победить всех остальных злых духов и демонов. У входа в храм, словно часовые, стоят мощные каменные статуи величественных львов, олицетворяющих надёжную охрану, которая защищает храм от злых духов.

А одна из главных религиозных святынь не только Южного Тайваня, но и всего острова находится недалеко от Гаосюна. Это огромный буддийский комплекс *Фо Гуаншань* (что дословно переводится как «*Гора Света Будды*»), расположенный у подножия одноимённой горы. Монастырь Фо Гуаншань был основан в 1967 г. и является крупнейшим центром изучения буддизма во всей Восточной Азии. В состав комплекса входят четыре великолепных храма, в центре одного из которых – *Храма Великой Мудрости*

– находится 108-метровая золотая статуя Великого Будды. Это самое высокое скульптурное изображение сидящего Будды в Юго-Восточной Азии. Статуя окружена 480 статуэтками Будды в натуральную величину, а аллею к ней украшают восемь великолепных пагод. Здесь же, на территории комплекса, расположен и университет, где скрупулёзно изучают философию буддизма.

Не так далеко от центра города находится ещё одно весьма живописное место – озеро *Чэнцин*, что переводится как «кристально чистое», а благодаря растущим здесь в изобилии лотосам его ещё называют «*Пруд Лотосов*». Одним из украшений озера являются семиярусные *пагоды Дракона и Тигра* и павильон *Пей Чи* в честь даосского божества *Сюань Ву*. Говорят, что эти пагоды могут полностью изменить вашу судьбу. Войдите в Пагоду Дракона и выйдите из Пагоды Тигра – и ваша жизнь станет намного лучше! На озере создано несколько искусственных островов, соединённых с берегом причудливыми мостами зигзагообразной формы. Рядом с одним из островков из воды выступают *Павильоны Весны и Осени*, а на берегу вы увидите храм *Сюшань* – бога медицины, построенный в его честь более 100 лет тому назад. Также неподалёку находится храм *Конфуция*.

Гаосюн хорошо известен и своими музеями, среди них назовём *Музей изобразительных искусств*, среди коллекций которого есть, например, уникальные образцы традиционной китайской каллиграфии, *Исторический музей*, повествующий о разных эпохах развития города и острова в целом: от далёкого прошлого до наших дней. Но особая гордость жителей Гаосюна – открытый в октябре 2018 года *Национальный центр искусств Гаосюна*. На сегодняшний день это один из крупнейших в мире центров культуры и искусства. Комплекс разделён на несколько частей и зданий, общая площадь которых составляет 141 тыс. м^2. Он включает в себя пять современных площадок для выступлений: оперный театр на 2236 мест, концертный зал на 1981 место, театр на 1210 мест, концертный зал на 434 места и открытый театр, соединяющий здание с парком, который был разбит на месте бывшей военной базы. Выбор места не случаен. Авторы хотели подчеркнуть стремление современного Тайваня порвать с любыми военными конфликтами и трансформировать болезненный опыт прошлого в современное культурное наследие.

Сегодняшний Гаосюн – это удивительный сплав индустриальных пейзажей с живописными картинами природы: моря и гор – с высотными домами, портовыми сооружениями и профилями промышленных предприятий. Здесь ощущается и стремительный ход современной жизни мегаполиса, и замершее время прошлого, интенсивность рабочих будней и спокойное умиротворение почти курортного пляжного отдыха. Чтобы почувствовать контраст тайваньского Севера и Юга, проникнуться неповторимой атмосферой истории и духом портового города – приезжайте в Гаосюн!

9. 東方之塔——臺東

依山傍海的天然地理屏障讓臺東有臺灣最後一塊淨土的美名，高山的空氣、清澈的海水，和美麗的珊瑚礁，是許多都會人口逃離塵世喧囂的桃花源。在這板塊交會地帶而生的知本溫泉，更是放鬆身心的一大享受。臺東的美麗山海間，也保留了阿美族、卑南族、魯凱族、布農族、排灣族、雅美族（達悟族）6 族的文化和慶典。臺東作為東臺灣的一大城市更是通往綠島和蘭嶼的門戶。臺東有著豐富多元的文化風貌，是在自然與人文層面都值得慢遊體驗的美好城市。

Природные ландшафты Восточного Тайваня

9. «Восточная башня» – город Тайдун

Ещё одна, четвёртая – «Восточная башня», на Тайване – город *Тайдун*. Именно так можно дословно перевести с китайского название этого города, находящегося, как это логически и следует, на Восточном побережье острова. Вообще-то восточную часть острова многие считают самой живописной. По своему рельефу она почти вся гористая, в отличие от более равнинной западной. Здесь скалы, на протяжении многих тысячелетий омываемые водами открытого Тихого океана, приобрели причудливые очертания – природа в полной мере проявила себя как удивительный и неповторимый скульптор.

Тайдун – крупнейший город но востоке Тайваня. Отчасти из-за его удалённости от других больших городов и благодаря тому, что от остальной территории он, словно стеной, «отграничен» скалистыми вершинами *Центрального горного хребта*, Тайдун стал последней частью острова, которую колонизировали ханьские китайцы, пришедшие сюда лишь в конце XIX века. На протяжении всего XX века, с точки зрения развития экономики и промышленности, Тайдун представлял собой «экономическое захолустье». Однако это принесло региону лишь пользу: восточная часть острова, оставаясь даже сегодня менее населённой, чем другие районы Тайваня, будучи регионом с неразвитой промышленностью, избежал загрязнения природной среды и считается наиболее экологически чистой областью острова.

Сегодня Тайдун популярен у туристов по целому ряду причин. В уезде Тайдун проживает наибольший процент коренного населения Тайваня, здесь вы сможете познакомиться с историей и традиционной культурой как минимум семи племён аборигенов, в частности, *бунун*, *пайвань*, *рукай*, *амис*, *пуюма*, *тао* и *кавалан*. Также эта часть острова остаётся уголком почти нетронутой природы, благодаря чему здесь можно посетить множество поистине уникальных и живописнейших природных уголков. Тайдун – это и «ворота» на популярные у туристов острова: *Зелёный остров* и *Остров Орхидей*. На Зелёном острове когда-то в прошлом находилась печально известная исправительная колония, которая в период осуществлявшегося правящей на тот момент партией китайских националистов *Гоминьдан* «Белого террора» использовалась для содержания политических заключённых. Название же Острова Орхидей говорит само за себя: здесь в изобилии произрастают невероятно прекрасные экзотические цветы. Этот остров можно считать родным домом народа *тао* (племя тайваньских аборигенов, этнически тесно связанных с коренными народами, населяющими северные Филиппины). Он также стал одной из главных туристических жемчужин Тайваня. Отправиться туда можно из рыбного порта *Фуганг*, который тоже является одной из достопримечательностей города.

Если вспомнить историю Тайдуна, то можно сказать, что это один из самых молодых городов Тайваня. До XVI века равнину, на которой расположен современный Тайдун, населяли представители племён пуюма и амис. Во времена голландской колонизации и в период правления китайской династии Цин бо́льшая часть восточного Тайваня, включая сегодняшний Тайдун, называлась *Пи-лам*. В 1875 году китайцы основали здесь крупное поселение, также первоначально носившее название *Пи-лам*, но с 1888 оно стало

Береговая линия Восточного побережья Тайваня

называться *Тайдун*. Именно в конце XIX века, когда губернатором Тайваня был представитель династии Цин *Лю Минчуань*, множество китайских поселенцев (хань) переехало в район Тайдуна. Официальный статус города он получил уже лишь в XX веке, в 1976 году.

Сегодня жители и многочисленные туристы могут увидеть многие артефакты и памятники доисторического периода, которые были обнаружены в 1980 году при строительстве железнодорожной станции Тайдун. В парке культуры *Бейнан*, являющимся одной из главных достопримечательностей города, можно познакомиться с историей и культурой Тайдуна и всего Восточного региона Тайваня. Здесь вы можете посетить интересные музеи, в частности, *Исторический и Художественный музеи, Государственный*

2. 城市 **Города**

музей древней истории. Наиболее известным памятником архитектуры города можно назвать *храм Дракона и Феникса.* Это известное буддийское святилище расположено на высоком холме, с пагоды которого открывается удивительно живописная панорама города, а в хорошую погоду – даже видны очертания Зелёного острова и горизонты океанского побережья. Традиционно, как и в любом другом городе Тайваня, стоит прогуляться по ночному рынку Тайдуна, а любителям науки и техники, безусловно, будет интересно посетить *Железнодорожную художественную деревню* – это популярный арт-центр, который расположился в здании старого вокзала.

Как мы уже говорили, Восток Тайваня – это регион, где вы можете увидеть поистине уникальные пейзажи практически девственной природы. К таким природным достопримечательностям, в первую очередь, можно отнести такие парки, как *Тайдунский лесной парк* с расположенным на его территории озером *Пипа,* парк *Макабахай,* парк *Лиюшань.* Восточное побережье острова украшают живописные скалы *Спящая красавица* и *Скала Конфуция.* Не забудем упомянуть и поражающие воображение скальные образования *Сяо Елю.* Из Тайдуна легко добраться до одного из самых известных курортных мест острова – *Чжибэнь,* где в полной мере и с максимальной пользой для здоровья можно насладиться купанием в горячих источниках.

В заключение скажем пару слов и о климате. Для Тайдуна, как и для всей восточной части острова, характерен тропический муссонный климат. Сезон с ноября по апрель считается сухим, однако, в отличие от многих других мест с подобными климатическими условиями, в это время здесь часто бывает туман, а солнечных дней довольно мало (например, в феврале всего около 82 солнечных часов, в другие месяцы – около 100). В сезон дождей ежемесячно выпадает от 250 до 310 мм осадков, годовая норма которых составляет около

1860 мм. Влажность практически никогда не опускается ниже 70%. Летом температура колеблется в пределах +25 – +30°C. Зима в Тайдуне достаточно прохладная: температура обычно поднимается до значений всего +18 – +21 °C.

И наконец, в Тайдуне вы можете отдохнуть от шума и суеты больших городов Тайваня, от обилия машин и прочего транспорта, от промышленных предприятий и толп спешащих по своим делам жителей. Здесь вы можете полной грудью вдохнуть чистый океанский и горный воздух… Ещё раз скажем, что именно Тайдун – это ключ и ворота к двум жемчужинам Тайваня – Зелёному Острову и Острову Орхидей. Благодаря исключительно чистой прозрачной воде, красоте коралловых рифов, богатству водных глубин оба острова идеально подходят любителям пляжного отдыха, рыбалки и дайвинга, а также для тех, кого привлекают неповторимые экзотические пейзажи природы.

10. 臺灣科技城——新竹

新竹，又被稱為臺灣矽谷，擁有臺灣最大的科學工業園區，是在 1970 年代後期，由政府所設立。當時政府意識到有必要對臺灣的經濟發展做根本性的改變，考量創新與發展是一種全球趨勢，因此成立這樣一個科學園區。這個科學園區與鄰近的清華大學、交通大學、工研院、電子研究與服務組織等工商企業相連，結合產官學研究資源，在既有基礎上納入創新思維及產業新尖兵計畫，讓臺灣高科技產業在全球發光發熱。如今新竹有 400 多家生產高科技產品的公司，在國際舞台上，新竹科學園區更是穩坐全球半導體和計算機生產的主要地位。

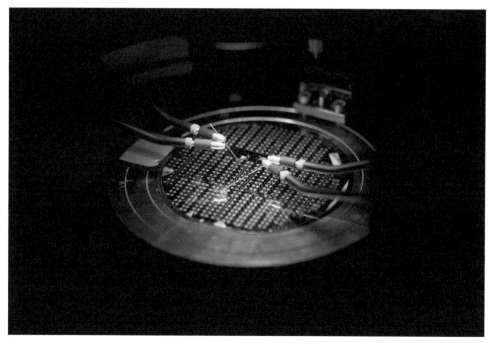

Синьчжу – передовой центр науки и высоких технологий

10. Тайваньский наукоград – город Синьчжу

Этот город, как и новый российский центр науки Сколково, называют «тайваньской Кремниевой долиной». Именно здесь, на северо-западе Тайваня, сегодня находится крупнейший на острове Научно-индустриальный парк, основу которого составляет основанный в 1973 г. *Научно-исследовательский институт промышленных технологий* (ITRI), а также *Организация по исследованиям и обслуживанию электроники* (*ERSO*) и целый ряд других образовательных, научно-исследовательских учреждений и производственных предприятий. Именно *Научно-исследовательский институт промышленных технологий* с момента своего основания и по сегодняшний день является важным двигателем экономики Тайваня, особенно в сфере технологического развития различных отраслей промышленности. Технопарк Синьчжу возник здесь в 1980 году, и сегодня он стал главным центром производства полупроводников и компьютеров. Сейчас здесь находится более 400 компаний, производящих высокотехнологичную продукцию. Одна из основных целей и задач Парка – привлечение на Тайвань инвестиций в сферу высоких технологий и превращение этого района в базовый экономический центр цифровой индустрии страны.

Исторически территории современного Синьчжу и всего региона занимали племена аборигенов *таокас*, *сайсият* и *атаял*. Первоначально небольшое поселение, основанное в этих краях, называлось *Тек-кхама*, что дословно означает «*бамбуковый барьер*». Нынешний город был основан в 1711 году ханьскими поселенцами (прибывшими сюда в 1691 году из китайской провинции *Фуцзянь*), а затем в 1878 переименован в Синьчжу. Это название этимологически связано с оригинальным топонимом *Тек-кхама*.

Из-за постоянных сильных ветров с Восточно-Китайского моря Синьчжу часто называют «Городом ветров». Климат Синьчжу – влажный субтропический. Сезон дождей здесь длится с февраля по сентябрь, их пик приходится на май – начало июня, а самое тяжелое время – пора юго-западных муссонов: конец апреля – август. Летом и в начале осени погода достаточно жаркая и влажная, а с октября по декабрь здесь довольно прохладно.

Ещё Синьчжу нередко называют «Городом-садом культуры и технологий». Помимо центров образования и науки, этот город также является и важным культурным центром Тайваня. Из основных достопримечательностей назовём *храм Чэнхуан*, построенный во времена королевства *Дуннин* (*досл.* «Покой на Востоке», XVII в.). *Чэнхуан* – бог-покровитель города Синьчжу, который, как верят многие, заносит в память все скверные дела, совершаемые людьми, а также защищает город и его жителей от наводнений и засухи. Согласно древнему преданию, во времена династии Цин сын императора вместе со своей кормилицей ловил рыбу в море. Но во время внезапно налетевшего шторма они пропали без вести, а лодку прибило к берегу острова Тайвань в районе современного Синьчжу. Кормилица спаслась, но вскоре заболела и умерла, а сына императора обнаружил и спас вождь одного из местных племён. И вот однажды главе города приснился сон, в котором бог города Синьчжу *Чэнхуан* сообщил ему, где именно сейчас находится сын императора, благодаря чему тот и был наконец найден, а глава города вернул его домой. После этого события император воздал богу-покровителю Синьчжу Чэнхуану

Синьчжу – «сердце» тайваньской и мировой полупроводниковой промышленности

похвалу и распорядился воздвигнуть храм в честь этого божества. Ежегодно здесь проходит яркий храмовый праздник, посвящённый этому богу – *парад Чэнхуан*, сопровождаемый общими молитвами и фейерверками. В празднике по традиции принимают участие практически все жители города.

Здесь же находится и старейший зоопарк Тайваня, основанный ещё в 1936 году. Не так давно он был реконструирован и вновь открылся для посетителей в декабре 2019 года. К интересным культурно-историческим достопримечательностям города обязательно нужно отнести и *Музей стекла*. Любителям истории будет интересно также посетить *Деревню военных иждивенцев* – экспозиция этого музейного комплекса рассказывает о некоторых событиях Гражданской войны в Китае между *Гоминьданом*

(Китайская националистическая партия) и Коммунистической партией в 1949 году, в результате чего националистическое правительство, военные, обслуживающий персонал, а также и гражданские лица вынуждены были эмигрировать на Тайвань. По статистике, с 1945 по 1950 год со всех концов материкового Китая на остров перебрались почти 2 миллиона человек. Чтобы решить жилищную проблему, вызванную таким «демографическим взрывом», правительство Гоминьдана начало строить дома и устраивать общежития, в результате чего возникали такие «военные поселения», которых только в Синьчжу насчитывалось 47, причём уровень комфорта зависел от звания, рода службы и прочих обстоятельств. Этот этап стал важным историческим событием не только для местной культуры, но и для всей тайваньской истории в целом. К наиболее интересным местам города относится и рыбацкая гавань города, которая славится своим рыбным рынком, а также находящимися здесь ресторанами, где вы можете попробовать различные блюда из свежевыловленной рыбы и других обитателей моря.

Переходя к разговору о Синьчжу как о тайваньском наукограде, отметим, что это один из ведущих образовательных центров современного Тайваня. В городе работает шесть крупных университетов. Одним из ведущих университетов является *Государственный университет Цинхуа*. Этот университет был впервые основан в Пекине. После того, как в 1949 году в результате поражения в Гражданской войне Гоминьдан был вынужден отступить на Тайвань, в 1956 году университет возобновил свою работу уже в Синьчжу. Среди наиболее престижных и значимых на Тайване научных центров находятся и научно-исследовательские институты *Государственного университета Цзиаотун* (Государственного транспортного университета), который также был основан в Китае в 1896 году по указу императора *Гуансю* как государственная школа *Наньян*. После завершения гражданской войны в Китае и этот университет был восстановлен бывшими преподавателями и выпускниками уже на Тайване в 1958 году. Оба университета сегодня готовят высококлассных специалистов в различных областях: как социально-гуманитарных и естественных, так точных и технических наук. Здесь получают своё образование будущие специалисты в области прикладной химии, физики и математики, электротехники и электроинженерии, информатики и компьютерных технологий, бизнеса и менеджмента. Отсюда выходят будущие учителя, врачи, социологи и историки, исследователи по самым разнообразным направлениям науки и искусства. Университеты ведут активную научно-исследовательскую деятельность, а также плодотворно сотрудничают с ведущими мировыми университетскими и научными центрами, предлагая иностранным студентам широкий диапазон образовательных программ и курсов обучения на китайском и английском языках. Ежегодно они привлекают большое число учащихся из разных стран мира, а теоретические лекции и практические занятия, наряду с высококлассными тайваньскими специалистами, проводят ведущие профессора и преподаватели из-за рубежа. Часто приглашаются и известные зарубежные учёные.

Сам же промышленный и научный парк Синьчжу был учреждён правительством Тайваня и официально открыт 15 декабря 1980 года. Это достаточно большая по занимаемой площади территория, которая охватывает как город, так и уезд Синьчжу. Предыстория его создания, если говорить вкратце, такова: в конце 1970-х годов правительство Тайваня осознало необходимость кардинальных перемен в экономическом развитии острова. В результате пришли к выводу, что необходимо организовать настоящий научный парк. Во многом такое желание объяснялось тем, что создание таких инновационных научно-исследовательских парков в те годы уже становилось глобальным трендом. Непосредственно сама идея и план организации подобного научного парка на Тайване была предложена бывшим президентом (ректором) Государственного университета Цинхуа, занимавшим в те годы пост министра науки и техники – *Шу Шиен-Сиу*. В начале 70-х гг. XX в. он отправился в поездку по Соединенным Штатам, Европе, Японии и Южной Корее с целью знакомства с передовым научным опытом и для того, чтобы во всех деталях изучить условия развития науки и технологий в этих странах. Именно ему в 1976 году пришла в голову идея построить научно-технический парк наподобие Кремниевой долины в США.

Для создания подобного научно-технического парка, в первую очередь, необходимо было выбрать подходящее место, которое смогло бы гармонично сочетать несколько ключевых компонентов: проведение научно-исследовательских экспериментов и опытно-конструкторских работ, а также осуществление контроля за жизненным циклом разработок в их максимально тесной связи с реальными отраслями промышленности. Безусловно, при выборе расположения учитывались экологические и экономические показатели. Идея Шу Шиен-Сиу заключалась ещё и в том, чтобы построить парк в Синьчжу рядом с Государственным университетом Цинхуа – по такому же образцу, как и созданный Стэнфордским университетом технопарк такого рода. По замыслам Шу Шиен-Сиу, основная цель аналогичного парка на Тайване – значительно увеличить экономический потенциал и творческую энергию Тайваня, а его главная задача – дать толчок к освоению высокотехнологичных производств и создать централизованную инфраструктуру для их разработки и практической реализации, что в совокупности позволило бы сочетать устойчивое развитие промышленности и удовлетворение материальных потребностей жителей острова. Также в расчёт принималось и то, что научно-технический парк станет реальным способом эффективно бороться с «утечкой мозгов» в США и КНР. Можно отметить, что главным достижением научного парка Синьчжу, помимо сугубо экономических показателей, можно считать возвращение на родину высококлассных тайваньских специалистов, разработчиков и учёных, которые в своё время уехали с острова за рубеж в поисках лучшей жизни и более высоких зарплат.

Первыми компаниями, начавшими свою деятельность в технопарке Синьчжу, стали такие гиганты, как *Acer* и *Mitac*. При этом с самого начала они получили серьёзные налоговые послабления и льготы, а в первые пять лет работы парка вообще были полностью освобождены от налогов. Кроме того, правительство острова гарантирует, что в течение 20 лет стоимость аренды не изменится и не будет нарушаться право собственности. К 1990 году в парке работала уже 121 компания. Их совокупный доход составлял примерно 2,5 млрд долларов США ежегодно. Начиная с середины 90-х годов, было решено сделать упор на развитие не только IT-сектора, но и активно развивать полупроводниковую промышленность. Кроме того, компании начали осваивать фотовольтаику и производство плоских дисплеев. Благодаря этому, в 2003 году количество компаний увеличилось уже до 369.

На данный момент в состав научного парка Синьчжу входит шесть более мелких его подразделений: *Синьчжу*, *Джунан* (округ Мяоли), *Илань*, *Лонгтан* (Таоюань), *Тонглу*, а также *Биомедицинский парк Синьчжу*. Сейчас в парке работает 481 компания и почти 150 тыс. человек. Назовём лишь некоторые, наиболее известные из них: это, прежде всего, уже ставшие мировыми брендами, компании *Acer*, *Apple*, *Philips*, *Realtek*. Именно здесь, в Синьчжу, находятся штаб-квартира и основные производственные предприятия одной из крупнейших тайваньских компаний, самой дорогой в мире по производству полупроводников, – *TSMC* (*Тайваньская компания по производству полупроводников*). Особенностью парка является и то, что его деятельность осуществляется в основном не крупными корпорациями, а сравнительно небольшими фирмами, которые объединяются для разработки определённого вида продукции и промышленных технологий в своеобразные научно-исследовательские альянсы.

Таким образом, научный парк Синьчжу стал своего рода «инновационным мозгом», на основе которого стало возможным создание подобных инновационных центров в других частях Тайваня. Так, в 1996 году был открыт *Южный тайваньский научный парк* (Тайнань, Гаосюн), а спустя семь лет и *Центральный тайваньский* (Тайчжун). В целом ежегодно около 15% ВВП Тайваня – это результат деятельности трёх этих научных парков.

В заключение также отметим, что в парке располагается и *Тайваньское космическое агентство*, а неподалеку находится научно-тематический парк развлечений. Важно упомянуть ещё и то, что тайваньцы очень заботятся об окружающей среде и строго следят за соблюдением экологических норм. С этой целью *Национальный департамент охраны окружающей среды Тайваня* контролирует качество воздуха в парке и на прилегающих территориях для поддержания чистоты воздушного пространства и водных ресурсов.

Вот так сегодня развивается промышленная мощь и научно-технический потенциал Тайваня, обеспечивая его экономическую и интеллектуальную независимость и обеспечивая нужды не только жителей острова, но также потребности мировой экономики и науки в целом.

第三章

名勝古蹟
Достопримечательности

11. 故宮博物院

　　在北京紫禁城內部曾收藏著不可勝數的珍寶，然而隨著歷史變遷，1949年國民黨撤退來臺，將這些寶物中最有價值的一併帶至臺灣，並於 1965 年成立故宮博物院。故宮與法國羅浮宮、俄羅斯冬宮、英國大英博物館、美國紐約大都會博物館等同屬世界級博物館，並以中華文化之文物聞名全球。館藏近 65 萬件，包含陶器、青銅、軟玉、漆器、雕刻、刺繡等不勝枚舉。其中三件文物又稱為「民間版故宮三寶」，分別為「翠玉白菜」、「肉形石」及「毛公鼎」。每年有超過 550 萬人次造訪，是為當代最受歡迎的博物館之一。

Национальный музей Гугун

11. Национальный музей императорского дворца Гугун

В самом центре Пекина за высокой красной стеной находится Пурпурный запретный город. Внутри этого дворцового комплекса, насчитывающего 9999 разнообразных зданий и долгие годы скрытого от глаз обыкновенных людей, веками накапливались несметные сокровища. В тысячелетней истории Китая императоры и члены их семей часто выступали в роли крупных коллекционеров произведений искусства. Конечно, немало вещей из императорских художественных коллекций было утрачено или уничтожено во времена кровавых смен династий, но многие из них всё же передавались из поколения в поколение и хранились во дворцах, скрытые от внешнего мира. Лишь в 1911 году после падения последней династии Цин людям, не принадлежавшим к императорскому дому и его окружению, было позволено входить в Запретный город и любоваться сокровищами, некогда предназначавшимся только для глаз императора и придворных. В 1925 году дворцовый комплекс за красной стеной был назван Национальным музеем императорского дворца.

Однако публичный доступ к коллекциям был недолгим. В 1933 году они покинули Запретный город, потому что гражданская война и иноземное вторжение создали угрозу их сохранности. Спасаясь от уничтожения и разграбления японскими оккупантами, сокровища совершили путешествие длиной в 16000 километров по всей территории Китая.

Когда в 1949 году правительство Гоминьдана эвакуировалось на Тайвань, оно доставило на остров основную и наиболее ценную часть собрания – столько, сколько было в состоянии его вывезти. Для того чтобы обеспечить сохранность произведений искусства, коллекция была сначала размещена в безопасном туннеле в центральной части острова, в районе города Тайчжун. Только в 1965 году она переехала в специально построенный для неё комплекс выставочных зданий и хранилищ на севере Тайбэя, ныне известный как Национальный музей императорского дворца (Гугун).

Тайваньский Гугун, наряду с Лувром, Эрмитажем, Британским музеем и нью-йоркским Метрополитен-музеем, входит в число лучших музеев мира и обладает крупнейшей и ценнейшей коллекцией произведений китайского искусства. Его собрание включает в себя около 650000 единиц хранения, в том числе керамику, каллиграфию, редкие книги, живопись, ритуальную бронзу, изделия из нефрита, антикварные шкафчики и шкатулки, лаки, эмали, письменные принадлежности, резьбу, вышивки и другие изделия декоративно-прикладного искусства. Поскольку музей располагает площадями для одновременного экспонирования только 15000 предметов, бо́льшая часть ценностей содержится в специальных хранилищах, оборудованных системами контроля температуры и влажности и сооружённых глубоко в толще горы, у подножия которой находится музей. Смена экспозиции происходит раз в три месяца, а это значит, что для просмотра всей коллекции потребуется одиннадцать лет.

Пройдитесь по залам музея и ознакомьтесь с его экспозицией. Вы увидите подлинные шедевры древнекитайского искусства. Среди самых известных экспонатов – «Жадеитовая капуста с насекомыми», или просто «Жадеитовая капуста». Это небольшая скульптура из цельного куска жадеита, которому

В залах музея *Гугун*

придана форма кочана пекинской капусты, с прячущимися в её листьях саранчой и зелёным кузнечиком.

В так называемые «Три сокровища музея» также входят миниатюрная скульптура «Камень в форме мяса» (или же просто: «Кусок сала») – это небольшой камень, который выглядит как тушёная свинина или сало. Статуэтка вырезана из особого вида яшмы, который называется «мясной агат». Мастерство резчиков позволило передать не только слои жира и мяса, им удалось создать полную имитацию прослоек жира, корки мяса и даже корней волос и жил, которые выглядят как настоящие. Третьим бесценным сокровищем является и знаменитый бронзовый котёл-треножник «*Мао-гун дин*».

Музей императорского дворца ежегодно посещает свыше 5,5 миллионов посетителей. На сегодняшний день это один из самых посещаемых в мире художественных музеев.

12. 臺北 101

　　臺北 101 不僅僅是一個地標，更是現代建築科技與文化結合的經典。由建築匠人李祖原設計，融合了後現代主義與中華傳統文化的精髓。整體形狀酷似竹子，寓意步步高升與長壽，各樓層外觀則如同米缸，代表富足。大樓內裝潢也充滿巧思，以銅錢的形象象徵招財進寶，101 的標誌更是將銅錢與數字融合的代表作。臺北 101 曾是世界公認最高建築，硬體設備自然不在話下。高速電梯能以每秒 16 公尺左右的速度將來賓迅速送上位於 89 樓的觀景台。因臺灣位於地震帶，又時常遭受颱風威脅，臺北 101 內部有堅韌的地基與特殊的阻尼器，能抵擋高強度的天然災害。每年來自各地的人們聚集在這棟建築奇蹟前，觀賞煙火迎接新的一年到來。

Панорама Тайбэя и символ Тайбэя - небоскрёб '101'

12. Тайбэй 101

В погожий безоблачный день практически из любой точки Тайбэя вы можете увидеть стройный силуэт небоскрёба «Тайбэй 101». Уходящая в небо башня «101» – это, пожалуй, главный символ города, одно из самых красивых высотных зданий в мировой архитектуре. Можно сказать, что здесь соединились красота искусства, пришедшего из далёкой старины, и чудо современной техники. В архитектуре здания отражено сочетание прошлого и настоящего, в нём гармонично сплетаются современные традиции и элементы древней китайской архитектуры.

Здание построено по проекту архитектора *Ли Цзу-юаня* в стиле постмодернизма. Основные строительные материалы, применявшиеся при строительстве, – стекло, сталь и алюминий. Создавая проект, авторы использовали множество традиционных китайских символов. Основная часть здания состоит из восьми секций по восемь этажей каждая, и это неслучайно: в одном из диалектов китайского языка слово «восемь» созвучно слову «процветание» – это значение известно во всём Китае и на Тайване, – поэтому «восьмёрка» считается счастливым числом. А число «*сто*» в китайской традиции – символ совершенства, поэтому «*101*» (общее количество этажей) означает «верх совершенства», или «лучший из лучших».

Необычна форма и расположение секций – конструктивных элементов здания. Каждая из них представляет собой усечённую пирамиду, расположенную основанием кверху, поэтому башня напоминает ствол бамбука – символ роста, стойкости и долголетия. Существует и другая интерпретация формы здания: его части похожи на старинные китайские сосуды для риса, а согласно традиции, сосуд с рисом символизирует богатство и благополучие.

Элементы декора также связаны с китайской символикой. На каждой стороне башни можно увидеть декоративные элементы, представляющие собой круг с квадратным отверстием – изображение древних китайских монет, символизирующих богатство. Издавна считалось, что старинные монеты способны «притягивать» деньги, недаром многие люди носят такие монетки на шее или в бумажнике. А поскольку бо́льшую часть здания занимают торговые залы и офисы, декоративные «монеты» – это символ-пожелание успешного бизнеса. На углах каждой секции в соответствии с традицией расположены драконы, охраняющие здание от враждебных сил. Эмблема, расположенная над главным входом в башню, – три золотые монеты в древнем стиле с отверстием в центре – сделаны в форме, напоминающей арабские цифры 1-0-1.

Удивительно смотрится «101» и вечером: ещё одним украшением является подсветка здания, а шпиль башни подсвечивается определённым цветом, при этом каждый цвет соответствует своему дню недели. Их последовательность та же, что и у спектра или радуги: от красного в понедельник до фиолетового в воскресенье. В китайской культуре традиционно считается, что радуга символизирует мост между землёй и небом.

Официальное открытие башни состоялось 17 ноября 2003 года, в эксплуатацию здание было введено 31 декабря 2003 года. Стоимость строительства обошлась в сумму 1,7 млрд долларов США. В 2004 году небоскрёб «Тайбэй 101» был официально признан самым высоким зданием в мире: его высота со шпилем – 509,2 м, без шпиля – 449,2 м. Первое место среди самых высоких небоскрёбов «Тайбэй 101» занимал до 4 января 2010 года, когда торжественно было открыто самое высокое на сегодняшний

Вид на «101»

день сооружение в мире – небоскрёб Бурдж-Халифа в Дубае (ОАЭ, 822 м). Как уже говорилось, здание «101» построено по последнему слову техники. Специальный состав стекла, не ограничивая доступ света извне, обладает свойством защиты помещений от жарких солнечных лучей. В здании множество лифтов, работа которых организована так, что никто не ждёт лифта более 30 секунд. Среди них самые скоростные в мире: за 37 секунд со скоростью 60,6 км/ч, или 16,83 м/сек (1010 м/мин) они домчат вас с 5-го этажа на 89-ый, на внутреннюю смотровую площадку, откуда в ясную погоду открывается прекрасная панорама Тайбэя. Она находится на высоте 383,4 метра над землёй. Ещё одна, внешняя смотровая площадка расположена на высоте 391,8 метров над землёй. Это одна из самых высоких смотровых площадок в мире. Попасть сюда можно по лестницам, ведущим с нижней смотровой площадки.

Основание и фундамент здания укреплены с помощью 380 бетонных опор, которые уходят в землю на глубину 80 метров. Между 87-м и 91-м этажами находится огромный шар-маятник весом 660 тонн, который служит для гашения вибрации во время тайфунов, ураганов и землетрясений. Инженеры, работавшие над строительством здания, заявляют, что оно может выдержать порывы ветра до 60 метров в секунду, или 216 км/ч, и самые сильные землетрясения магнитудой до 8 – 9 баллов по шкале Рихтера.

На 1–5-ом этажах находится торговый центр, магазины и рестораны, выше – офисные помещения, оздоровительный центр, рестораны, клубы и бары. На подземных этажах – места для парковки автомобилей.

С момента открытия торговый центр небоскрёба стал излюбленным местом горожан. А в дни праздников около здания устраиваются концерты, красочные шоу, собирающие огромное число людей. С 2005 г. ежегодно в башне «101» проходят любопытные соревнования: забег по ступеням на 91-й этаж. Существует ещё одна прекрасная традиция, связанная с этим главным символом Тайбэя и одним из символов Тайваня: ежегодно в новогоднюю ночь (по обычному, общепринятому календарю) башня «Тайбэй 101» вспыхивает огнями праздничного новогоднего фейерверка. Улицы и площади перед небоскрёбом, соседние дома, а также все близлежащие холмы задолго до наступления календарного нового года заполняются народом: молодёжь, родители с детьми и люди преклонного возраста, а также огромное количество иностранных гостей с нетерпением ждут последней секунды уходящего года, ведь наступление нового года начинается с первым залпом праздничного салюта. Верхние этажи здания превращаются в огромное табло, на котором начинается обратный отсчёт времени за несколько секунд до наступления Нового года. И последняя цифра, как последний удар Кремлёвских курантов, даёт старт новому году и началу красочного фейерверка. Зрелище просто фантастическое!

Если вы спросите жителей о достопримечательностях города, едва ли не первым они назовут «Тайбэй 101». По-своему они правы, тем более что это строительное чудо сооружено в зоне повышенной сейсмической опасности. Один из самых высоких небоскрёбов в мире – на острове, где бывает несколько десятков землетрясений в год!

С каждым годом появляются всё новые и новые небоскрёбы-рекордсмены, построенные с применением более современных технологий, но «Тайбэй 101» навсегда останется образцом архитектурного совершенства, гармонично сочетающим древние символы китайской культуры с новейшими достижениями инженерной мысли.

13. 龍山寺

　　臺灣盛行佛教與道教，廟宇比比皆是，其中最負盛名的莫過於臺北的龍山寺。龍山寺建於 1738 年，以觀音娘娘為主神，後殿供奉著文昌帝君、關公、月老等道教眾神。歷經多次的戰火與自然災害襲擊，廟宇本身多次損毀，但每次觀音娘娘的雕像總會奇蹟似的完好無缺，民眾相信這便是神蹟。龍山寺建築構造為中式四合院，飛簷與殿內梁柱雕刻著精妙的花紋與圖騰，多數為龍形，不愧對「龍山」之名。每天來自全臺各地、亞洲、甚至歐洲的香客絡繹不絕，在這裡能夠深刻體驗東方宗教的平和與神祕。

Главный вход в храм Луншань

13. Храм Луншань

Тайвань славится большим количеством храмов: как буддийских, так и даосских. Друг от друга их отличает индивидуальное архитектурное оформление. Одной из самых интересных и красивых достопримечательностей Тайбэя является храм *Луншань*. Можно сказать, что это одна из визитных карточек города. Храм Луншань («*Гора Дракона*») представляет собой величественное и одновременно изящное строение, расположенное в районе *Ваньхуа* (бывш. *Монга*) среди улочек и мелких лавочек старой части столицы.

Храм Луншань был построен во времена династии Цин, в 1738 году, в честь богини милосердия Гуаньинь. Он неоднократно разрушался, но всегда восстанавливался заново. Сегодня это один из основных буддийских центров страны.

Согласно историческим данным, возводили этот храм китайцы, которые проживали в континентальной части Китая. Среди местных жителей существует легенда, согласно которой в давние времена по этим землям проходил торговец. Утомлённый долгой дорогой, он присел передохнуть в чащах бамбука. С собой у него был кисет со сбором различных трав, на котором золотыми нитями было вышито: «Благовония Гуаньинь из храма "Гора Дракона"». Чтобы не держать кисет в руках, торговец повесил его на ветку бамбука. Немного отдохнув, старик снова отправился в путь, при этом совершенно забыв о кисете. Спустя некоторое время кисет обнаружили местные жители и решили, что это дар богини милосердия Гуаньинь. Они принесли его в город и приняли решение воздвигнуть храм в честь богини, так как посчитали, что это им указание свыше. Гуаньинь, или бодхисаттва Авалокитешвара – богиня даосского пантеона, отвечающая за продолжение рода и семейный очаг, за спасение от горестей и бед. Она почитается по всей Азии.

В заднем приделе храма поклоняются и другим богам даосско-буддийского пантеона, к примеру, очень почитаемой богине моря *Мацзу*, а также покровителю литературы и экзаменов, которого зовут *Вэньчан*, богу войны по имени *Гуань-Гунь* и богу-покровителю браков *Юэ-Лао*, которого ещё называют *Лунный старец*. Возможно, вас удивит такое обилие богов в одном зале, но это имеет историческое объяснение: в первые годы XX века правительство реформировало город, улицы перестраивались, и часть храмов была разрушена, поэтому статуи богов и богинь из них перенесли в один из залов Луншаня.

За период своего существования храм Луншань, или «Гора Дракона», существенно изменился. Он несколько раз подвергался реставрации. Во время франко-китайской войны 1884 – 1885 годов для китайских солдат храм был священным местом. Также храм неоднократно переживал такие природные катаклизмы, как землетрясения и пожары. А во времена Второй мировой войны он и вовсе был уничтожен практически полностью. Стоит отметить тот факт, что несмотря на пережитые храмом ожесточённые схватки и бои, статуя богини Гуаньинь оставалась невредимой. 8 июня 1945 года во время воздушного налёта был разрушен весь главный зал и часть правого крыла, но каменное изваяние Гуаньинь оказалось неповреждённым. Это, как считают тайваньцы, – одно из проявлений чудес храма Луншань.

В своём архитектурном облике храм Луншань совместил традиционность китайских четырехугольных построек с внутренними двориками –

сыхеюанями – с более поздними элементами дворцовой архитектуры. Сам даосский храм состоит из трёх залов: переднего, главного и заднего, а также правого и левого крыла, и всё это соединено девяносто девятью дверями. Внутри главного здания храма установлено необыкновенно красивое скульптурное изображение богини милосердия Гуаньинь.

Поражает богатое убранство: интерьер храма украшен искусной резьбой, каменными скульптурами и литьём. Здание храма декорировано изображениями животных, которые почитаются на Тайване, а колонны увенчаны разнообразными узорами, особенно много изображений дракона – не зря же храм называют храмом «Горы Дракона».

Храмовые стены расписаны в ярких красках, мистические львы охраняют входы в храм. На крыше, покрытой лаковой плиткой разных цветов, установлены фигурки драконов и феникса, покрытые мозаикой из фарфора и цветного стекла. Это очень тонкая работа: фигурки сделаны так искусно, что стали шедевром мозаичного искусства Тайваня. Примечателен тот факт, что при строительстве крыши не было использовано ни одного гвоздя или металлической детали. Шестиугольная крыша оканчивается традиционными S-обра́зными скатами. Это первый образчик такой конструкции крыш для Тайваня.

Недалеко от входа внутри храма можно увидеть две бронзовые колонны и специальные подставки для благовоний, сохранившиеся с XVII века. На подставках для благовоний можно рассмотреть изображение человека, держащего на руках небо. По своей внешности напоминает европейца, и это сходство неслучайно: в XVII веке остров практически полностью оккупировали голландцы из Ост-Индской компании, поэтому нет ничего удивительного, что на изображениях того времени, помимо азиатских мотивов, можно увидеть и европейские.

В правом углу центрального зала висит двухметровый бронзовый колокол. У него есть собственное имя: «*Утренний колокол драконьей горы*», он был отлит несколькими мастерами из китайской провинции *Чжедзян* по указанию императора *Сяньфэна* (*Айсиньгьоро Ичжу*) из династии Цин. Это самый большой храмовый колокол на Тайване.

У входа в храм находится большой искусственный водопад, имитирующий настоящий, природный. Возле него обычно собираются толпы тайваньской молодёжи и туристы.

Сегодня храм Луншань продолжает оставаться одним из наиболее почитаемых среди тайваньцев. Ежедневно его посещают тысячи верующих и паломников со всех концов Тайваня, а также сотни туристов из континентального Китая, других регионов Азии, Америки и Европы. Это подлинное сокровище храмовой архитектуры.

Интересен и такой факт: говорят, что молитва в этом храме – будь то молитва о защите от напастей, молитва на любовь или о счастливом браке, об удаче в делах, о здоровье или о детях – приносит свои плоды. Службы здесь проходят ежедневно, и вместе с прихожанами завораживающими буддийскими напевами могут насладиться и туристы.

Особенно торжественные богослужения проходят в феврале, когда по лунному календарю наступает день рождения главной богини храма Гуаньинь. Лучшее время для посещения храма – период празднования китайского традиционного Нового года и приходящийся на него праздник Фонарей. В это время местные почитатели богини Гуаньинь приносят в храм множество ярких бумажных фонариков.

Интерьеры храма

Всё это делает храм Луншань уникальным в своём роде памятником архитектуры. Он был внесён в список исторически значимых культурных объектов Тайваня.

Выйдя из храма и повернув налево, вы окажетесь на маленькой улочке *Чинцао*, «улице траволечения». Помолившись в храме, горожане заходят в лавочки, расположенные на этой улочке, чтобы купить средства традиционной медицины или перекусить в ресторанчиках или небольших лавках. Здесь можно выпить чашку тонизирующего травяного чая и съесть миску китайской лапши, окончательно проникнувшись ориентальным духом, почувствовать себя местным жителем. Луншань – не только достопримечательность Тайбэя, но и место, где пересекаются китайская религиозная мистика и история Тайваня.

14. 中正紀念堂

中正紀念堂是臺北人氣僅次於 101 大樓的著名景點，為紀念本國第一任總統蔣介石而建，是蔣介石逝世後，建築委員會招標吸引來自國內外建築師的設計結晶。大理石打造的紀念堂本體高 76 公尺，配有寶藍色彩釉屋頂與金頂寶塔，代表豐饒與昌盛。紀念堂一樓為博物館，展示蔣介石與臺灣歷史的重要文物：照片、文件、私人物品等，紀念堂兩旁的池塘與景觀要素體現中華文化藝術與思想中的天人合一概念。廣場上佇立著領導人的雕像，一旁壯觀的衛兵交接儀式每日吸引上千名遊客造訪。除此之外，自由廣場更是學生與居民們散步、跳舞、交流情感或舉辦大型慶典的活動空間。附近還有國家戲劇院及國家音樂廳，包含俄國在內，各國著名音樂家、樂團、劇團時常於此演出。

Главные ворота национального Мемориального комплекса Чан Кайши

14. Мемориальный зал Чан Кайши

Мемориальный комплекс Чан Кайши – вторая по популярности достопримечательность Тайбэя после небоскрёба «101».

Главным элементом комплекса является Мемориальный зал Чан Кайши, выдающегося военного и политического деятеля Китая и президента Китайской Республики. Это великолепное восьмиугольное сооружение из белого мрамора, очертания которого отдалённо напоминают *Храм неба*, расположенный в Пекине. Это настоящий образец китайской архитектуры в традиционном стиле, который был построен относительно недавно.

Президент Тайваня Чан Кайши скончался 5 апреля 1975 года. В июне того же года было принято решение о строительстве мемориального комплекса в Тайбэе, с тем чтобы почтить память великого лидера страны и нации. А уже 2 июля было выбрано и место для его возведения. Комитет по строительству объявил конкурс на проект мемориала, привлекая к участию в нём как тайваньских, так и зарубежных архитекторов. После предварительного отбора из 43 представленных проектов было выбрано 5 работ. По просьбе комитета архитекторами были разработаны подробные чертежи и модели здания. После их изучения и многочисленных консультаций экспертов Комитет выбрал проект, представленный архитектором *Ян Чо Ченгом*.

31 октября 1976 года в 90-й день рождения покойного президента Чан Кайши состоялась торжественная церемония закладки первого камня и начала строительства мемориального комплекса, который был официально открыт 5

апреля 1980 г.

Вход на площадь, где располагается мемориал Чан Кайши, обрамляет сводчатая арка, высота которой составляет 30 метров и ширина 80 метров. Она находится в 470 метрах от главного зала. Увидев Мемориальный зал со стороны центральной арки, посетители не сразу могут оценить его величие, для этого надо подойти к нему ближе.

Высота самого Мемориального зала – 76 метров. Цветовая гамма главного здания – это белые, отделанные мрамором стены и покрытая синими изразцами с голубой глазурью крыша в стиле пагоды, увенчанная золотым наконечником, – всё это в сочетании с красными цветами на клумбах территории комплекса воспроизводит цвета тайваньского флага. Форма крыши в виде восьмиугольника связана с распространённым в Азии представлением о том, что цифра «8» символизирует удачу, изобилие и процветание.

Мемориальный зал возведён на основании, состоящем из трёх квадратных ступеней-ярусов. Две лестницы, ведущие к главному входу в здание, имеют по 89 ступеней. Их число символизирует возраст Чан Кайши на момент смерти.

Главные ворота называются: «*Ворота великого централизма и совершенной справедливости*». Огромные навесные двери выполнены из бронзы, их вес – 75 тонн, открываются они ежедневно в девять часов утра, закрываясь на ночь в пять часов вечера.

В просторном главном зале находится огромный бронзовый памятник Чан Кайши – шестнадцатиметровая бронзовая статуя Президента, позади которой на стене начертан главный принцип политического учения Чан Кайши: «Этика. Демократия. Наука». На боковых стенах можно прочесть его слова: «Цель жизни – улучшение всеобщих жизненных условий для человечества,

Парк мемориального комплекса. Здание Национального концертного зала

смысл жизни – сотворение новой жизни, с помощью которой сохраняется Вселенная». Потолок в зале расписан традиционным китайским орнаментом, также на нём изображён государственный герб страны.

У памятника вождю всегда стоит почётный караул, который сменяется каждый час. Ежедневно тысячи туристов приходят сюда, чтобы посмотреть на смену караула, которая похожа, скорее, на небольшое театрализованное представление: это очень красивый, эффектно смотрящийся со стороны ритуал.

Кроме центральных ворот в нижней части зала также имеются два боковых входа: *«Ворота великой лояльности»* и *«Ворота великого пиетета»*. Оба входа 13,8 метра в высоту и 19,7 метров в ширину.

На первом этаже расположен музей, в экспозиции которого представлены различные исторические экспонаты, связанные с жизнью Чан Кайши и историей Тайваня: фотографии, документы, его личные вещи и даже автомобили. Здесь же есть свой кинозал, две художественные галереи, библиотека, аудио-видеоцентр. Можно "встретиться" и с самим Чан Кайши: в одном из залов воспроизведён оригинал кабинета Президента с восковой фигурой Чан Кайши, сидящего за своим рабочим столом.

С правой и левой стороны от главного здания мемориала можно увидеть два пруда. Каждый занимает площадь 3 тысячи квадратных метров. Оба они являются элементами культурного ландшафта и в своём очертании имеют неправильную форму, а традиционные элементы садово-паркового декора и ландшафтной архитектуры – рукотворные водопады и арки мостов в сочетании с искусственной горой – создают неповторимый вид.

Уютные тропинки и «дорожки здоровья», «каменные садики» и пруды с плавающими в них золотыми карпами – все эти украшающие мемориал элементы ландшафтного дизайна отвечают китайской аскетической заповеди: «Небо и человек образуют единство».

Большая площадь перед мемориальным залом – это не только излюбленное место прогулок туристов и жителей города, но и для встречи тайбэйской молодёжи: школьники, студенты, молодые люди собираются здесь целыми компаниями – они играют и поют, танцуют, готовятся к выступлениям, репетируют, катаются на роликах, занимаются спортом… Интересно понаблюдать, как проходят тренировки солдат роты почётного караула. Эта площадь также является традиционным местом проведения массовых торжеств и праздничных мероприятий.

В архитектурный ансамбль мемориального комплекса, общая площадь которого составляет 250 тыс. м^2, органично входят и два практически одинаковых здания, также построенных в классическом китайском стиле, – *Национальный театр* и *Национальный концертный зал*. Оба они были торжественно открыты 31 октября 1987 года к 101-й годовщине со дня рождения президента Чан Кайши. В них проходят выступления тайваньских и зарубежных артистов и музыкантов, фестивали, гастроли театральных трупп, музыкальных коллективов и симфонических оркестров со всего мира, в том числе и из России.

15. 北海岸

　　臺灣東海岸與北海岸的沿岸地勢特殊，極窄的平坦沿岸區後緊鄰著高聳的山脈，彷彿山自海中突出。由於地底的歐亞板塊與菲律賓海板塊相互擠壓，使得臺灣臨太平洋沿岸的地勢每年緩慢上升。在高山與深海之間的沿岸帶上有沿海公路，沿途亦有鐵路通行。沿海的漁村傍海維生，可購得種類豐富且鮮美的海產；離岸的自然景觀頗為奇特。經多年海風侵蝕，岩石的奇異形貌恍若雕像，形成天然的「畫廊」供人觀賞，時常予人迸發想像力。距基隆港以北 10 公里處的野柳便因「仙女鞋」、「女王頭」等夢幻的岩石景觀而聞名，從中也不由得讚賞大自然的鬼斧神工。若繼續沿岸通過灌木叢、登上小丘陵，則可俯望遼闊無邊的海景，忘情於景緻、享受靜好時光。

Береговая линия северной части острова

15. Северное побережье округа Тайбэй

Название столицы Тайваня, которое иногда переводят как «Северная башня», уже говорит о том, что город расположен в северной части Тайваня. Здесь побережье острова ограничено с одной стороны рекой Даньшуй (Тамсуй) и Тайваньским проливом, а с другой – глубокими водами гавани Цзилун (Килун), открытой ветрам Тихого океана. Это край дикой природы и первобытных базальтовых гор.

Особенностью рельефа северной и восточной части Тайваня является то, что ровная часть берега очень узкая и горы начинаются сразу же за полосой прибоя. Кажется, будто они растут прямо из воды.

Впрочем, так оно и есть. Геологические процессы, происходящие в глубине земной коры, заставляют тихоокеанский берег Тайваня постепенно подниматься. Кое-где суша «вырастает» на два сантиметра в год. Такая скрытая от глаз тектоническая активность объясняет частые в этих краях сейсмические толчки. К востоку от Тайваня как бы трутся друг о друга две тектонические плиты – Евразийская и Тихоокеанская. Именно здесь, в месте их соприкосновения, прорывается невероятная энергия земных недр. Рельеф этих районов причудлив, разнообразен и часто потрясает воображение.

По узкой полоске между океаном и высокогорьем вьётся прибрежное шоссе, вдоль побережья также проходит и линия железной дороги, а из окон вагонов открываются живописные виды на горы и океан.

Кажется, вся жизнь рыбацких посёлков, разбросанных по побережью, сосредоточена на набережных. Там вернувшиеся на своих шхунах после морского промысла рыбаки распродают свой улов. А ещё в этих посёлках есть небольшие простенькие ресторанчики с богатейшим рыбным меню и продуктовые лавки, где та же рыба продаётся и «живьём», и уже в готовом виде. В таких ресторанчиках вам предложат на выбор множество вкусных блюд и самый широкий выбор морепродуктов: различные сорта и виды мидий, креветок, крабов, устриц, трепангов, морских огурцов, лобстеров, морских гребешков и других диковинных обитателей моря.

Но самое сильное впечатление производит всё-таки природный ландшафт. Берег Тайваня медленно поднимается, поэтому у кромки воды возникают плоские каменные участки, которые раньше были дном океана. После того как над ними в течение долгих веков поработали солёные волны и ветер, они покрылись целой галереей каменных «изваяний». Увидишь эти удивительные фигуры – и поймёшь, что природа – самый искусный скульптор!

Некоторые каменные платформы кажутся застывшей вулканической магмой. Иногда её под разными углами пересекают почти правильные линии – это прорези, оставленные геологическими смещениями пород. Здесь можно увидеть камни самых необычных очертаний, иногда эти глыбы кажутся изваяниями духов, которым природа поручила охранять уникальный пустынный, можно сказать, лунный пейзаж этих мест.

В десяти километрах к северу от порта Цзилун, на небольшом ровном участке суши много лет назад выросла рыбацкая деревушка с поэтическим названием *Елю*, что в переводе с китайского означает «Дикая ива». Ив здесь давным-давно нет, но зато какие вокруг скалы, какое фантастическое побережье!

Именно здесь матушка-природа на небольшом скалистом уступе выставила напоказ свои нерукотворные произведения: удивительные и причудливые по форме камни-фигуры, выплески лавы, принявшей причудливую форму. Здесь же можно увидеть уникальные «заросли» камня-песчаника, над которыми старательно поработали ветер и вода. Вот «Принцесса Нефертити», рядом с ней на каменном выступе «Туфелька Золушки». Справа видно туловище слона, плещущегося в морских волнах. Там из воды выглядывает морское чудовище, уставившее в небо незрячие глаза, а на берегу гигантская кладка его окаменелых яиц. И рядом странные каменные цветы, словно взятые из сюжета фильма «Звёздные войны»…

Если продолжить путешествие вверх по каменным ступеням и пройти сквозь заросли кустарников, то можно подняться на вершину невысокой горы. Здесь в беседке, рядом с небольшим морским маяком, можно до вечера любоваться безбрежным простором чуть зеленоватого океана и дышать свежим морским бризом. Можно никуда не спешить, ни о чём не думать, а просто предаваться спокойному счастью этих минут.

Тайваньские «чудеса природы»: «Голова королевы», Елю

16. 臺灣明珠——日月潭

日月潭位於臺灣中央的南投縣魚池鄉,是臺灣最大的淡水湖泊,湖泊東側形如日輪,西側狀如月鉤,故名日月潭。日月潭周遭圍繞著文武廟、龍鳳宮、慈恩塔、永結同心橋、向山。來此旅遊的人們可以選擇騎自行車一一踩點或只是靜靜地坐在湖岸咖啡館和餐廳欣賞湖面風光。喜歡戶外運動的朋友,還可以在湖上划船,或是搭遊輪到湖中小島,亦可坐上纜車,俯瞰日月潭美景。日月潭讓旅人可以在喧囂的世界中獲得寧靜的休息,同時加深對自然和生命的哲學理解。

Озеро Солнца и Луны по праву считают одним из чудес природы

16. Жемчужина Тайваня – Озеро Солнца и Луны

Одним из уникальных памятников природы и живописнейших мест острова является *Озеро Солнца и Луны*, находящееся примерно в 1,5 часах езды от города *Тайчжуна*, в уезде *Нантоу*, практически в центре Тайваня. Символически его можно назвать «Тайваньским Байкалом» – это самый большой по занимаемой площади (7,93км^2) и чистейший природный водоём на Тайване: вода в озере прозрачная и по цвету слегка зеленоватая. Его глубина составляет около 30 метров, расположено оно на высоте 748 м над уровнем моря и со всех сторон окружено горами. Питают озеро воды самой длинной реки Тайваня – *Чжошуйси*. Оригинальное и поэтичное название озера обусловлено его формой: восточная часть имеет округлую форму, напоминающую солнце, а на западе озеро выглядит как полумесяц.

Исторически эти места населяли представители племени *тао*. Именно с ними связана легенда о том, как людям удалось обнаружить это неповторимое по красоте озеро. Предание гласит, что однажды, около трёхсот лет тому назад, аборигены народности тао отправились на охоту и в лесу увидели большого белого оленя, бегущего по горной тропе. Они бросились за ним и гнались в течение трёх дней и ночей, однако оленю удалось скрыться в чаще леса. Тогда охотники решили и дальше преследовать его до тех пор, пока, наконец, не достигнут своей цели – пленить красавца-оленя. На четвёртый день охотники вдруг наткнулись на сияющее яркими, переливающимися под солнцем всеми красками, высокогорное озеро, почти в самом центре которого был небольшой круглый, покрытый деревьями остров, разделявший озеро на две части. Одна часть походила на солнце, а другая – на луну… Именно поэтому аборигены окрестили его Озером Солнца и Луны, а сам остров впоследствии получил название *Лалу*. Охотники были буквально очарованы красотой озера, его неповторимыми пейзажами, к тому же их привлекало ещё и то, что оно богато рыбой, а вокруг находятся плодородные почвы, так что они решили прекратить погоню и обосноваться здесь.

Регион, в котором расположено озеро, отличается благоприятным климатом. Самая высокая температура летом составляет +22° С, а зимой она почти никогда не опускается ниже +15° С. И конечно, главная ценность этого места, как мы уже говорили, – потрясающие воображение своей красотой ландшафты. Кристально чистые воды озера, в которых отражаются окружающие горы и деревья, не могут не вызывать восхищения даже у самых искушённых путешественников! Озеро красиво в любое время суток: на рассвете, когда водная гладь покрыта тонкой завесой тумана, а из-за гор появляется яркое солнце; на закате, в лучах медленно заходящего солнца, лучи которого окрашивают озеро искрящимся золотом. Ночью в прозрачных водах отражаются луна и звёзды, а иногда налетающий ветерок наводит рябь и лёгкое волнение.

В любое время года: весной и осенью, летом и зимой – озеро излучает ауру очарования независимо от погоды и приводит вас в изумление и восхищение своей неописуемой красотой. Не случайно это самое популярное место не только для прогулок, но и для любителей фотографировать: именно сюда в поисках удивительных сочетаний таких природных явлений, как вода и горы, солнце и туман, приезжают за яркими снимками туристы и фотохудожники, а влюбленные парочки и молодожёны выбирают озеро Солнца и Луны для свадебной фотосессии. Люди разных возрастов едут сюда, чтобы провести здесь выходные, каникулы, отпуск, медовый месяц или просто устроить романтическую встречу в таком удивительном по красоте и умиротворяющем месте.

Озеро окружено не только горами – вокруг него можно увидеть множество самых разных храмов и святилищ, среди которых 46-метровая пагода *Цыэнь*, построенная в 1971 году по приказу президента Китайской Республики, генералиссимуса Чан Кайши, в память о своей матери. Вершина пагоды находится на высоте 1000 метров над уровнем моря. Это наилучшая обзорная точка, с которой можно любоваться красотой озера. Не спеша поднимаясь к пагоде по пешеходной тропе, вы насладитесь видами бамбуковой рощи и древних папоротников, почувствуете ароматы гибискуса, камелии и утончённый запах османтуса душистого.

В северной части озера расположился храм *Вэнь У*, построенный в честь основателя конфуцианства – великого мыслителя *Конфуция* (551 – 479 до н.э), которому посвящён один из трёх залов. Ещё в одном зале поклоняются богу литературы, а Центральный зал связан с богом войны *Гуань Гуном,* в этом зале также чтят память генерала *Юэ Фэя* (1103 – 1142), представителя южной династии Сун (1127 – 1279), и *Гуан Юя*, великого генерала государства Шу эпохи Троецарствия (221– 263). Своими формами храм, выполненный в стиле китайского дворца, напоминает величественные силуэты гор и органично вписан в окружающий ландшафт. Назовём и ещё один достойный внимания храм, построенный на южном берегу озера в честь великого монаха, учёного и философа, путешественника и переводчика эпохи династии Тан по имени *Сюаньцзан* (602 – 664). Именно он привёз в Китай из Индии 657 текстов, написанных на санскрите и, получив поддержку императора, организовал большую школу переводов, самостоятельно переведя на китайский около 1330 сочинений. Рассказы Сюаньцзана стали основой многих легенд, а позднее, во – время династии Мин, в свет вышел знаменитый роман «Путешествие на Запад», повествующий о паломничестве монаха Сюаньцзана в Индию по Шёлковому пути. Этот роман вошёл в число классических сочинений китайской литературы и до сих пор популярен во всём мире.

Мы уже говорили, что практически на середине озера, в месте невидимого символического слияния двух светил, есть маленький остров *Лалу*, который считается священной территорией племени *тао*, поэтому туда не пускают туристов и посторонних. «*Лалу*» – это австронезийское слово, примерно соответствующее китайскому 後 («после, позже»). Раньше остров был гораздо обширнее и на нём жили люди. В те времена местные жители называли остров «*Жемчужной горой*». В японский период его переименовали в «*Нефритовый остров*». В 1930-х годах японцы построили дамбу, которая значительно подняла уровень воды в озере, и остров оказался практически полностью затопленным. После обретения Тайванем независимости, уже при правительстве Чан Кайши, остров был назван *Кванхва* (*букв.* «Славный китайский остров»). В 1999 году он снова уменьшился из-за того, что некоторые части затонули во время *Землетрясения 921*, или *Великого землетрясения 21 сентября*.

С 1919 года на озере Солнца и Луны было построено несколько гидроэлектростанций, в том числе *Минтань* и *Минху*, ставших важными инфраструктурными объектами, обеспечивающими Тайвань электроэнергией. Для увеличения выработки гидроэлектроэнергии в 1934 году на озере и реке Чжошуйси была также построенная дамба *Уцзе*.

В качестве развлечения, помимо прогулок вдоль берега озера, по пешеходным горным тропам, поездкам на велосипеде вокруг водоёма или

Место покоя и умиротворения

же просто мирного созерцания водной глади, сидя в одном из прибрежных кафе и ресторанов, ещё можно покататься по озеру на лодках, а специальный паром перевезёт вас на другой берег и доставит к одному из трёх причалов озера. Незабываемым станет и подъём по канатной дороге, что позволит вам насладиться видом на озеро с высоты птичьего полёта. Кстати, купание в озере обычно запрещено, но раз в год устраивается традиционный массовый трёхкилометровый заплыв для всех желающих.

Озеро Солнца и Луны – идеальное место для спокойного отдыха от мирской суеты, для вдумчивого созерцания природы и философского осмысления бытия.

17. 墾丁國家公園

位處臺灣最南端，以白沙灘、珊瑚礁和鵝鑾鼻燈塔聞名的墾丁國家公園，蘊含豐富的動植物多樣性以及特殊景觀，既是旅遊勝地，也是環境保育和教育的天然教室。終年溫暖的氣溫吸引遊客和候鳥前來避冬。鄰近的墾丁大街成為夜晚旅人覓食的好去處。墾丁的氣溫也感染著居民的熱情，每年四月的「春天吶喊」音樂祭總是吸引上萬的音樂愛好者共襄盛舉，大家聚在一起感受墾丁和音樂的魅力。

Маяк Элуаньби

17. Национальный парк Кэньдин

На самой южной оконечности острова в 140 км от города Тайнань и в 90 км от города Гаосюн, на границе Тихого океана и Южно-Китайского моря, вдоль канала *Баши* расположен старейший национальный парк Тайваня – *Кэньдин*, основанный 1 января 1984 года и занимающий площадь в 333 км^2, из которых 181 км^2 занимает суша, а 152 км^2 – водная, морская часть парка. Строго говоря, эта часть острова на востоке омывается Тихим океаном, на юге – Каналом Баши, а на западе – Тайваньским проливом.

Парк прежде всего известен своими пляжами с мелким белым и светло-жёлтым песком, коралловыми рифами, водопадами и маяком, находящимся в одном из самых красивых мест юга Тайваня, входящем в список восьми наиболее живописных мест Тайваня, – на мысе *Элуаньби*. Это самая южная оконечность острова, а указывающая на её точное расположение реперная точка обозначена специальным каменным маркером. Здесь же оборудована смотровая площадка, которая тоже является одной из туристических достопримечательностей Южного побережья.

Сам маяк *Элуаньби* был построен в 1883 году и вступил в строй 1 апреля. Он формально отделяет *Южный залив* Тайваня от *Тайваньского пролива* и *Южно-Китайское* море от *Филиппинского*. Высота маяка – 21,4 метра, но, учитывая рельеф местности, над уровнем моря он возвышается на целых 56,4 метра. Маяк расположен в форте, в котором раньше размещался военный гарнизон (17 человек, включая офицера-европейца). От нападений тайваньских аборигенов, недовольных размещением здесь маяка и поселением чужаков, маяк также защищало ещё и несколько пушек. Здесь же хранился трёхнедельный неприкосновенный запас продовольствия на случай осады. Благодаря тому, что это самый мощный из действующих маяков на Тайване, маяк *Элуаньби* получил неофициальное название «*Свет Восточной Азии*». Яркую вспышку сигнального огня маяка можно видеть каждые 10 секунд на расстоянии 50,4 км (27,2 морских миль). Несмотря на то что в XX в. маяк серьёзно пострадал в ходе обеих Мировых войн, его каждый раз восстанавливали заново, а в 1992 г. он стал одним из первых маяков на Тайване, открытых для посещения широкой публики.

Национальный парк Кэньдин считается заповедником, который может похвастаться богатым биоразнообразием фауны и флоры. Здесь обитают представители 15 видов млекопитающих, 310 видов птиц, 59 видов рептилий

Южное побережье Тайваня: там, где небо сливается с океаном…

и амфибий, 21 вид пресноводных рыб, а также различные виды крабов, в том числе и наземных, 216 видов бабочек и различных насекомых. В долине, окружённой горами, скалами и холмами, располагается крупнейшее по запасам воды пресноводное озеро Тайваня – *Лунлуань* (*Лунлуаньтань*). Вокруг водоёма произрастают потрясающей красоты цветы, а в воде водятся разные виды рыб, креветки, зимой же многие птицы выбирают озеро и прибрежные заросли в качестве места для зимовки.

Кэньдин считается не только природной заповедной зоной, но это ещё и популярный курортный регион, а небольшой одноимённый посёлок, находящийся неподалёку от города *Пиндун*, можно в шутку назвать «тайваньским Сочи». Это модное и престижное место отдыха, особенно в зимнее время, когда с севера острова приезжает очень много отдыхающих в поисках тепла и нежаркого, ласкового зимнего южного солнца. Многие тайваньцы любят проводить здесь выходные и отпуска, а студенты приезжают на каникулы. Только вот попасть сюда в период новогодних праздников, когда все встречают Новый год по лунному календарю, просто невозможно – бронировать места в гостиницах нужно чуть ли не за полгода вперёд.

Примечательно, что городок (а по русским меркам – скорее посёлок) *Кэньдин*, по сути, состоит всего из одной центральной улицы с магазинами, ресторанами, кафе и барами, гостиницами. С вечера и до глубокой ночи она превращается в оживлённый ночной рынок со множеством лоточников, торгующих всевозможным товаром: от фастфуда до пляжных аксессуаров и сувениров. Здесь всегда звучит громкая музыка: как в записи, так и живом исполнении. Вокруг светятся разноцветные неоновые рекламы, взад-вперёд неспешно прогуливаются отдыхающие. Повсюду ощущается атмосфера настоящего курортного городка! А великолепные, оборудованные всем необходимым для купания и отдыха песчаные пляжи, чистая прозрачная вода, отсутствие сильных волнений океана создают поистине великолепные условия для любителей плавать и загорать, а также рыбалки и виндсёрфинга в течение всего года. Необыкновенной красоты коралловые рифы привлекают охотников подводного плавания – дайвинга. Кстати, местные пляжи и по природным характеристикам, и по уровню комфорта считаются лучшими на Тайване. Примечательно, что есть даже отдельные небольшие пляжи естественного происхождения с мельчайшим и чистейшим песком, лазурной водой, являющиеся заповедными территориями и находящиеся под охраной государства. Загорать и купаться здесь, разумеется, нельзя.

Климат здесь, в Кэньдине, жаркий, тропический. В зимний период, в январе – феврале, средняя температура колеблется от +20°C до +25°C, в летний период от +30°C до +35°C. Температура воды зимой около +20°C, весной и осенью примерно +25°C. Летом же вода прогревается до +30° C. Но в летние месяцы нередко случаются тайфуны с проливными дождями и шквалистыми усилениями ветра, что вообще особенно характерно для южной части острова.

А ещё, каждый год в начале апреля в Кэньдине проходит рок-фестиваль «*SpringScream*», на который съезжается несколько сотен рок-групп со всего мира, собирая огромную аудиторию слушателей всех возрастов (но, конечно же, преимущественно это молодёжь).

Сегодня активно разрабатываются новые туристические проекты, связанные с этим регионом и с развитием туризма в курортной зоне Кэньдина, в частности. Есть и совместные тайваньско-российские проекты по увеличению количества приезжающих отдохнуть в этом поистине райском месте туристов из России. Будем надеяться, что эти планы реализуются уже в самом ближайшем будущем!

18. 太魯閣國家公園—臺灣八景之一

　　太魯閣國家公園被認為是旅遊中風景最美，最受歡迎的山脈之一。它是台灣九個國家公園之一，位於台灣的東海岸。其領土覆蓋三個行政區域：花蓮縣，台中市和南投縣。該公園是在日本佔領期間根據總督的命令建造的，於 1937 年 12 月 12 日正式開放。第二次世界大戰日本戰敗後，一度關閉；一直到 1986 年 11 月 28 日才重新開放。公園的主要景點是太魯閣峽谷。它是一條狹窄的 V 形大理石峽谷，深達 1000 公尺，長約 19 公里，由立霧溪形成，橫穿大理石山脈。在陡峭的懸崖上可以清晰地看到美麗的石頭圖案。雄偉的山脈與中國國畫上看到的風景相得益彰；瀑布從山峰和樹木間驟然落下。正是由於如此令人難忘的風景，太魯閣峽谷才被認為是台灣的自然奇觀之一。

Национальный парк Тароко – одно из чудес природы Тайваня

18. Национальный парк Тароко – одно из восьми чудес природы Тайваня

В русской культуре уже давно стала крылатой такая строчка из песни В.С. Высоцкого: «Лучше гор могут быть только горы, на которых ещё не бывал». Во многом это относится и к Тайваню, ведь горы занимают больше половины территории острова, а хайкинг и треккинг, или пешие прогулки по горным тропам, – один из излюбленных видов активного отдыха тайваньцев, для чего в китайском языке даже существует специальное выражение: 爬山 (*досл.* «подъём в горы»).

Одним из самых живописных и популярных у туристов горных массивов считается *Национальный парк Тароко*. Это один из девяти национальных парков Тайваня, который расположился недалеко от Восточного побережья острова. Его территория охватывает три административных района: уезд Хуалянь, город Тайчжун и уезд Наньтоу. Парк был создан в период японской оккупации по распоряжению генерал-губернатора острова, а официальное открытие состоялось 12 декабря 1937 года. После капитуляции Японии и окончания Второй мировой войны, когда на Тайване завершился период японского правления, в августе 1945 г. было принято решение о закрытии парка – и в течение почти 40 лет он был недоступен для посетителей. Его новое открытие состоялось лишь 28 ноября 1986 года. На тот момент он стал четвёртым Национальным парком на острове.

Название «*Тароко*» восходит к изначальному наименованию племени *труку*. Само же слово *труку* означает «*живая терраса, окружённая* (или досл. «*сформированная*») *тремя долинами*». Когда-то ещё в XVI в. люди племени труку жили в Центральной части Тайваня, в регионе уезда Наньтоу, в районе верхнего течения реки *Чжоушуйси*. Однако из-за роста численности населения, отсутствия сельскохозяйственных площадей и охотничьих угодий они стали мигрировать через горные перевалы, в результате чего примерно в конце XVIII в. племя обосновалось на обширных охотничьих территориях к востоку от *Центрального горного хребта* в долинах реки *Ли-У*, в верхнем, среднем и нижнем её течении. В японский период оригинальное звучание «*труку*» несколько изменилось и приобрело более современное звучание – «*тароко*», от которого и произошло название *Тароко*: по названию племени дали имя ущелью, а затем и весь этот горный регион, ставший Национальным парком.

Парк Тароко занимает площадь 920 км², его протяжённость с севера на юг составляет около 38 километров, а с востока на запад – около 41 километра. На востоке парк обращён к Тихому океану, а его северную границу формируют горные цепи Центрального горного хребта, который образовался около четырёх миллионов лет назад в результате столкновения Филиппинской и Евразийской литосферных (тектонических) плит и проходит с севера на юг через бо́льшую часть Тайваня. Самая высокая точка парка – гора *Наньху*, высотой 3742 метра над уровнем моря. Всего же здесь насчитывается около двадцати семи пиков высотой более 3000 метров, входящих в состав горных хребтов *Цилай* и *Наньху*.

Уникальность Тароко, в первую очередь, заключается в том, что здесь сосредоточены уникальные геологические и природные ресурсы, представлен богатый растительный и животный мир. В результате проведённых исследований в парке было обнаружено 1517 видов животных и не менее 173 видов птиц (24 из них – тайваньские эндемики), здесь обитает как минимум 46 видов млекопитающих, что составляет около половины наземных млекопитающих Тайваня, 15 видов тайваньских эндемиков, как минимум 15 видов земноводных, что составляет практически половину из всех представленных на острове. Животный мир Тароко представлен также и 34 видами рептилий, что составляет около одной трети рептилий на Тайване. В реке Ли-У и её притоках водится 21 вид речных рыб, в том числе 4 эндемичных вида, например такая экзотическая, как *тайваньская рыба-скорпион*. Царство насекомых представлено 1150 видами, среди которых не менее 239 видов бабочек (из которых 28 – эндемичных для Тайваня). В изобилии встречается и ракообразные, которых здесь существует не менее 22 видов (из них только креветок – 13 видов, как минимум 2 семейства и 6 видов крабов). Что касается моллюсков, то согласно данным исследований, в общей сложности зарегистрировано 43 вида моллюсков из 15 семейств, а это одна пятая из 220 видов наземных моллюсков Тайваня, 29 из которых являются местными эндемиками. Бо́льшую часть парка занимают леса, площадь лесного покрова составляет около 75%. Пастбища и редколесные земли составили около 13%, остальная территория – голые скалы и земля. Из мира флоры в Тароко зафиксировано 2093 вида растений, 370 видов папоротников и 185 видов мохообразных.

Уникальна территория Национального парка Тароко и по своим климатическим условиям. Его восточная часть, находящаяся на высоте до 500 метров над уровнем моря, относится к зоне субтропического влажного и жаркого климата; южная, северная и западная части расположены в высокогорье – на высоте более 3000 метров над уровнем моря, климат здесь значительно холоднее. Среднегодовая температура постепенно снижается от + 23°C на высоте 100 м до отметки всего + 7°C на высоте 3000 м. На высоте же более 3500 метров среднегодовая температура составляет лишь + 4°C. Зимой в некоторых местах высокогорья температура может опускаться до минусовых значений от 0°C до –10°C, поэтому в горных районах на высоте более 2 500 м зимой бывает снег.

Главная достопримечательность парка – мраморное ущелье Тароко. Это узкий каньон, глубиной более 1000 м и протяжённостью около 19 км, сформированный рекой Ли-У, прорезающейся сквозь мраморные горы. На крутых скалах отчётливо видны прекрасные каменные узоры. В некоторых местах каменистые стены скал отстоят так близко друг от друга, что это позволяет проникать на дно ущелья лишь тонкому лучу солнечного света – зрелище просто потрясающее! Другой известный природный памятник – скалистая цепь прибрежных скал *Циншуй* длиной 21 км, высота их в среднем составляет 800 метров над уровнем моря, а самая высокая вершина – утёс *Циншуй* – на 2408 метров возвышается прямо над Тихим океаном.

В Тароко находится и один из самых известных на острове горячих источников – *Вэньшань*. В отличие от многих других таких источников Тайваня, где вода в специально обустроенные купальни или номера отелей подаётся по трубам, здесь всё устроено прямо на лоне природы. Источники окружены нависающими мраморными стенами ущелья вдоль реки Ли-У. Вода из источников выбивается непосредственно из мраморной стены и вливается в небольшой скальный водоём, откуда по водоотводу стекает в речку. Несмотря на высокую концентрацию серы, вода в них кристально чистая. Температура воды составляет около 46 – 48ºС.

Среди прочих достопримечательностей и красот Национального парка Тароко выделим некоторые наиболее известные, например, естественную пещеру с романтическим названием *Ласточкин грот*, вырезанную самой природой в мраморной скальной поверхности во время разлива реки Ли-У. Поздней весной и ранним летом она становятся гнездовьем для тысяч ласточек. Люди превратили этот грот в туннель, по которому до 2007 года ездили машины. В 2007-м году был построен новый автомобильный тоннель, а по Ласточкиному Гроту теперь гуляют многочисленные туристы. «Совместными усилиями» природы и людей был также создан и *Тоннель девяти поворотов. Тропа Байян* известна своими *Тоннелями водных занавесей*, которые получили такое название из-за того, что с их потолка падают рассеянные струйки воды, действительно образующие что-то похожее на занавеси. А специальная цветная подсветка делает зрелище поистине сказочным! Маршрут тропы *Байян* также пролегает через несколько тоннелей, где по пути можно увидеть великолепные каскадные водопады, с шумом устремляющие свои воды в скалистые бездны… Прогулки по пешеходным тропам Тароко – один из популярных видов активного туризма. Можно назвать и *тропу Шакадан*, которую ещё называют *тропа Таинственной долины*, протяжённостью 4,1 км. Живописно смотрятся многочисленные мосты, среди которых назовём находящийся в месте слияния рек Ли-У и Лаоси *Мост Циму*, облицованный белоснежным мрамором, *Мост Материнской Преданности, Мост Люфан* и другие.

На территории парка обращает на себя внимание множество культовых сооружений, самым известным из которых по праву считается храм *Храм Чанчунь*, или *Храм вечной весны*, построенный в память 212 строителей, погибших при прокладке *Центрального шоссе Кросс-Айленд*. Струйка белой воды – *Родник Вечности* – льётся со скалы, возвышающейся прямо над храмом. К храму и пещере богини *Гуаньинь* вы можете подняться по каменным ступеням, которые называют «*Небесными ступенями*».

Центральное шоссе Кросс-Айленд, проходящее через парк Тароко, – первая на Тайване автомагистраль, соединяющая Восток острова с Западным побережьем. Строительство началось в июле 1956 г. и было закончено в апреле 1960 г., общая протяжённость трассы составляет 194 км. Строительство сопровождалось многочисленными трудностями природного характера: помимо естественных тяжёлых горных условий и специфических особенностей рельефа, уже построенные участки нередко разрушались землетрясениями и частыми в этих широтах тайфунами. Сегодня это одна из главных и при этом самая живописная трасса на острове. Однако, несмотря на все современные средства обеспечения безопасности, при поездке по этой автомагистрали надо быть предельно внимательным и осторожным, впрочем, как при езде по любой высокогорной дороге.

Величественные пейзажи гор, подобные тем, что можно увидеть на полотнах традиционной китайской живописи, дополняют водопады, спадающие бурным каскадом вниз с горных вершин, а также ряды деревьев, как будто бы из последних сил цепляющиеся за отвесные поверхности скальных пород. Именно благодаря таким незабываемым видам ущелье Тароко по праву считается одним из природных чудес Юго-Восточной Азии.

第四章

休閒

Отдых и развлечения

19. 走吧，去一趟夜市！

　　臺灣最負盛名的便是「夜市」了。從晚餐時間開始到深夜，各式各樣的商品與食物吸引著在地人與遊客造訪。有名的台式小吃如牛肉麵、臭豆腐、蔥餅等受到廣大的歡迎，也有外國遊客懼怕的豬血糕。除此之外也能在夜市見到乾果店、鮮榨果汁店等，飲料部分尤其推薦木瓜牛乳與珍珠奶茶，還可以在遊戲攤暢玩、購買便宜有趣的紀念品等。約莫晚間 8 到 10 點會有大批人群湧入，但並不會讓人反感，反而更能深入其境、體驗在地生活；混亂與衛生問題常常使外國遊客望而卻步，但在臺灣有完整的法律與相關規範，包含攤商法規、食品安全等，讓您玩得盡興又安心！

Ночные рынки – одно из главных мест отдыха и развлечений в Юго-Восточной Азии

19. Давайте сходим на рынок… «ночью»!

Одной из «визитных карточек» Тайваня можно назвать ночные рынки. Они уже стали неотъемлемым элементом традиционной тайваньской народной культуры. На Тайване, как и в некоторых других странах Юго-Восточной Азии, ночной рынок – это важный элемент повседневной жизни.

Для русских сочетание «ночной рынок» звучит немного странно: в России на рынок обычно ходят утром или днём, вечером они как правило уже закрываются. Конечно, слово «*ночной*» не следует понимать буквально, это не значит, что ночной рынок работает всю ночь. Китайское слово 夜 ([e]), как и английское *night*, помимо значения 'ночь', имеет значение 'вечер', поэтому, строго говоря, китайское выражение 夜市 или его английский вариант *night market* правильнее было бы перевести на русский как «*вечерний рынок*». Тогда всё сразу же стало бы понятно.

Итак, рабочий день подходит к концу, люди спешат с работы домой, а у студентов заканчиваются занятия. Именно в это время и начинают свою работу ночные рынки: часов в 6 – 7 вечера целые районы с прилегающими к ним улочками превращаются в многолюдную торговую территорию. Вдоль тротуара появляются торговые ряды, а проезжая часть становится пешеходной зоной. Часам к 7 – 8 вечера, а это как раз время ужина, здесь буквально яблоку негде упасть: толпы посетителей – тайваньцев и туристов – заполняют пространство ночного рынка. Уличные торговцы демонстрируют свой товар и активно зазывают покупателей. Ассортимент самый разнообразный:

он включает в себя одежду и обувь, недорогие сувениры на любой вкус, аксессуары, игрушки, произведения народных промыслов и антиквариат, кондитерские изделия и фрукты. Но главное на ночном рынке, конечно, – еда...

Среди посетителей особенно много молодёжи: для студентов и школьников ночные рынки – одно из главных мест развлечений. Это и не удивительно: в отличие от России и других стран, где на рынок приходят, в основном, за покупками: за продуктами или вещами, на Тайване ночной рынок – это своеобразный «большой ресторан под открытым небом»: множество лоточников предлагают самые разные и что также немаловажно – очень дешёвые и вкусные блюда. На этих рынках можно попробовать традиционную еду и напитки, например говяжий бульон с лапшой, вонючий тофу, китайский блин «цунчжуабин» или жемчужный молочный чай, а также разнообразные блюда из морепродуктов: например жареного кальмара на палочке или омлет с устрицами. Привычные и, на первый взгляд, знакомые на вкус жареные сосиски и колбаски оказываются на удивление необычными: они сладкие на вкус. Ужас у иностранцев вызывает традиционное «пирожное» из свиной крови: это блюдо из риса, пропитанного свиной кровью. Его обычно разрезают на прямоугольные кусочки, окунают в соевый соус, иногда сюда добавляется и острый соус, посыпают арахисовым порошком и кинзой и продают на палочке. Перед лотками и киосками, продающими этот деликатес, всегда длинная очередь: у тайваньцев такое пирожное – один из любимых и популярных видов закуски. Можно найти ещё много различных привычных для тайваньцев, но порой слишком уж экзотических для европейцев блюд, и не каждый иностранец рискнёт их попробовать.

На многих ночных рынках продают сухофрукты, сушёные грибы и

Ночные рынки поражают воображение изобилием и разнообразием еды

О-а цзень (омлет из устриц)

травы, а также различные средства народной медицины. Поесть можно прямо на ходу или присесть на улице за небольшой столик прямо перед лотком или «импровизированным кафе», можно зайти в лапшичную или в небольшой ресторанчик. Из напитков рекомендуем попробовать свежевыжатый сок из сахарного тростника и фруктовые соки, молоко с папайей; традиционно здесь большой выбор чая, причём в основном пьют холодный чай. Одним из популярных видов чая является чай с шариками (также называемый чай с пузырьками, жемчужный чай). Интересно попробовать фруктовые или фасолевые коктейли – молоко или лёд смешиваются со свежей папайей, манго, арбузом, бобами. Любители сладкого также могут полакомиться всевозможными десертами и сладостями. Непривычными для иностранных туристов кажутся овощи и фрукты в карамели, например клубника или помидоры-черри. Внешне они похожи на леденцы на палочке, которые продают в России, особенно в курортных городах.

Самый разгар торговли и «ночной жизни» приходится на 8 – 10 часов вечера. В это время на ночных рынках Тайваня наблюдается такой наплыв посетителей, что приходится буквально продираться сквозь толпу, но это не создаёт неудобств, наоборот, вы в прямом смысле оказываетесь в гуще событий. Продавцы различными способами стараются завлечь к себе посетителей: повсюду звучит громкая музыка, переливаются яркие разноцветные огни иллюминации; прилавки, лотки и киоски украшены оригинальными вывесками и объявлениями, рекламирующими тот или иной товар. Такую карнавальную атмосферу рынка часто дополняют разные игровые аттракционы, где вы можете поучаствовать в каком-нибудь весёлом конкурсе или испытать удачу в лотерее, узнать свою судьбу у предсказателей и гадалок, можно зайти в небольшие массажные заведения, где вам сделают традиционный массаж головы, ног или стоп, посмотреть выступления уличных артистов разных жанров.

В общем, от изобилия товаров, разнообразия и внешнего вида всевозможных блюд и кулинарных изысков просто разбегаются глаза! Добавим сюда ещё и особый воздух ночных рынков, насыщенный самыми разными ароматами и запахами, не всегда привычными и приятными для «не местных». Всё это превращает прогулку по торговым рядам в увлекательное вечернее развлечение, именно поэтому тайваньские студенты регулярно ходят на ночные рынки и очень скучают по ним, когда уезжают учиться за границу.

Как мы уже сказали, ночные рынки пользуются популярностью как среди местного населения, так и у туристов. Найти их можно практически в каждом районе любого крупного города Тайваня. В Тайбэе также есть несколько популярных ночных рынков. Крупнейшим и самым известным из них (не только в Тайбэе, но и вообще на Тайване) является ночной рынок *Шилинь* в одноимённом районе тайваньской столицы. Назовём ещё ночной рынок *Люхэ* в городе Гаосюне, *Цветочный ночной рынок* в Тайнане, ночной рынок *Фэн Цзя* в Тайчжуне и *Мяокоу* в Цзилуне. В Тайбэе, помимо рынка Шилинь, ещё много ночных рынков, например *Хуаси*, который находится на одноимённой улице неподалеку от храма Луншань, в старинном тайбэйском районе Ваньхуа. Это первый в городе рынок, созданный специально для посещения иностранными туристами; хорошо известен и ночной рынок *Нинся*. Старейший и, наверное, самый маленький ночной рынок в центре Тайбэя, площадью всего 600 метров – ночной рынок *Жаохе*. Студенты любят посещать «студенческие» ночные рынки, которые расположены недалеко от крупных университетов, например ночной рынок *Гунгуань* рядом с Тайваньским государственным университетом, *Шида* неподалёку от Педагогического университета. В Новом Тайбэе, в районе Даньшуй (Тамсуй) находится ночной рынок *Инчжуань*. В заключение скажем ещё и о том, что рынки, как правило, работают с 6 до 11 утра и с 6 вечера до часу ночи.

Кстати, иногда приходится сталкиваться со стереотипным представлением иностранцев о том, что ночные рынки – это места, где царит хаос и антисанитария, что там слишком многолюдно и грязновато. Но это далеко не так. Во-первых, этот хаос очень организованный и никто друг другу не мешает, не толкается и не доставляет проблем. Во-вторых, владельцы ресторанов, кафе, киосков и лотков следят за качеством продукции и чистотой, так как на Тайване приняты очень жёсткие законы, касающиеся безопасности пищевых продуктов и защиты прав потребителей. Местное законодательство требует строгого контроля за их исполнением, а бизнесмены боятся потерять свои лицензии. Если же будут обнаружены какие-либо нарушения норм и правил, заведение будет немедленно закрыто и владелец вынужден будет заплатить крупный штраф.

Может показаться, что все ночные рынки очень похожи друг на друга. Действительно, это так. Но всё равно у каждого рынка есть «своё лицо», своя неповторимая аура, свои специфические особенности. Если вы хотите с головой окунуться в атмосферу настоящей тайваньской жизни – обязательно посетите любой из ночных рынков.

20. 臺北的交通運輸

　　臺北的公共運輸系統四通八達、種類繁多，其中又以捷運與市內公車最為人稱道。乘客可使用悠遊卡或於售票機購買的感應式 IC 代幣搭乘捷運系統，以距離計費，每站都設有公廁與服務台方便市民與旅客。不同路線按照顏色與站名標示清晰，搭車規則先下後上，民眾依照地面標示排隊上車，車內嚴禁一切吸菸、飲食等行為，這使得臺北捷運擁有全世界最乾淨的捷運美名。市內公車路線繁多，公車到站前須舉手攔車，下車前按鈴通知司機停車，使用悠遊卡或現金付費。此外，臺灣鐵路系統亦發展完善，火車類型與路線各異，其中高鐵更是以每小時 300 公里的速度將普通鐵路所需的交通時間縮減為三分之一。城市間交通也有客運系統，範圍遍布全臺，唯一的缺點是遇到重大節慶或連假時容易塞車。

Одна из линий тайбэйского метрополитена. Беспилотные поезда метро

20. Транспорт в Тайбэе

Из всех традиционных видов общественного транспорта в Тайбэе есть только автобусы и метро. Здесь нет привычных для России троллейбусов, а излюбленный россиянами трамвай появился совсем недавно – на юге Тайваня в городе Гаосюне, вызвав – и вызвал огромный интерес тайваньских СМИ и тайваньцев. В 2018 г. новая линия скоростного трамвая, или *система лёгкого рельсового транспорта*, интегрированная с красной линией метро, появилась в районе Даньшуй (Тамсуй), на северо-западе Тайбэя, а точнее, в Новом Тайбэе.

Маршрутная сеть Тайбэя хорошо развита, и добраться в любой, даже самый отдалённый, район города не составляет проблем.

Начнём с метро.

- Проезд оплачивается жетонами, которые можно купить в специальных автоматах, или с помощью смарт-карты (на Тайване она называется EasyCard (по-китайски *Ю-ю-ка*)), которую также можно купить на каждой станции в специальном киоске (это и касса, и справочное). Карту также можно пополнять в кассе или в специальном платёжном терминале, а также в любом сетевом магазине типа 7-11, Family Mart, Simple Mart, OK, Hi-Life и др. Для этого надо просто подойти к кассе, дать продавцу свою карту и назвать нужную вам для зачисления сумму (можно по-английски).

- Стоимость проезда зависит от дальности поездки. Перед тем как купить жетон, найдите нужную вам станцию на схеме метрополитена, которая есть на каждом автомате по продаже жетонов, потом выберите её из списка станций на дисплее, оплатите соответствующую сумму, а автомат выдаст вам жетон и сдачу (если необходимо). Оплата может производиться и купюрами, и монетами.

● Карту к турникету надо прикладывать дважды: на входе и выходе, причём сумма за проезд списывается с карты при выходе с нужной вам станции.

Если вы едете по жетону, то, опустив его и пройдя через турникет при входе, надо снова взять свой жетон (турникет выдаст его обратно) и сохранить до конца поездки, затем снова бросить в турникет при выходе с нужной станции.

● В вагонах, кроме объявления названия станций по громкой связи, над каждой дверью и в салоне вагона есть «бегущая строка»: специальное

Прибрежная линия пригородных поездов

табло, на котором пишется название текущей и следующей станции по-китайски и по-английски.

- На каждой станции метро есть бесплатный туалет.

- В метро категорически запрещено курить, распивать любые напитки, даже безалкогольные, в том числе воду, открывать бутылки с жидкостью, есть (в том числе мороженое, фрукты и любую другую еду), жевать жвачку. Как и в любом метрополитене мира, конечно, нельзя мусорить, а тайбэйское метро – одно из самых чистых в мире.

- На всех станциях метро есть информационные указатели и план-схема на китайском и английском языках, которые помогут вам легко сориентироваться и найти нужное направление и нужный выход.

- Все платформы станций тайбэйского метрополитена оснащены специальными защитными дверями, предотвращающими падение пассажиров на рельсы. Для посадки в вагон необходимо ориентироваться на специальные стрелки-указатели на полу платформы, указывающие вход-выход пассажиров *в* и *из* вагона. Перед посадкой пассажиры выстраиваются в очередь по стрелке вдоль специальных ограничительных линий.

- В часы пик на платформах станций находится специальный служащий: работник метрополитена, регулирующий посадку и высадку пассажиров. Когда посадка заканчивается и двери вот-вот должны закрыться, этот сотрудник жестами (разведёнными в стороны руками и светящимся жезлом) предупреждает о её окончании.

- Все станции тайбэйского метро пронумерованы: на схемах метро у каждой станции есть свой номер, который указывается после латинской буквы –

сокращённого обозначения линии по-английски: BR – коричневая линия, R – красная, GR – зелёная, O – оранжевая, BL – синяя и т.п. Например: станция BR01 – первая станция коричневой линии.

- С помощью метро можно добраться из аэропорта Таоюань в город или из города в аэропорт: отдельная линия метро соединяет центр Тайбэя с терминалами 1 и 2.

- В Новом Тайбэе, в районе Даньшуй (Тамсуй), появилась линия скоростного трамвая, имеющая общую станцию пересадки с красной линией метро (похожая линия скоростного трамвая также есть в городе Гаосюне).

Городские автобусы

- Все маршрутные линии разделены на несколько цветов: основные цвета – красный и зелёный, есть ещё коричневый и оранжевый. Это важно, потому что номера маршрутов часто дублируют друг друга, поэтому если вы сядете на автобус нужного номера, но другого цвета маршрута, – вы можете заехать не туда, куда вам надо. Помимо определённого цвета, перед номером маршрута конкретный цвет может быть «продублирован» его английским сокращением, например: R – красный, Gr – зелёный, Br – коричневый, O – оранжевый.

- Автобусы бывают большие (как обычные городские автобусы в России) и маленькие (похожие на «маршрутки» в России). Перед номером маршрута такого маленького (но обычного городского!) автобуса обычно стоит иероглиф 小 , что и означает «маленький».

- Когда вы стоите на остановке и видите, что подходит нужный вам автобус, нужно остановить его привычным для русских жестом «голосования» на дороге: на Тайване именно так принято не только «ловить» такси, но и останавливать наземный общественный транспорт.

- Если вы оплачиваете проезд в автобусе смарт-картой, то, как и в метро, её надо прикладывать к валидатору у кабины водителя или у центральной двери автобуса при входе и при выходе (деньги с карты списываются единовременно).

- На протяжённых маршрутах плата снимается дважды: и при входе, и при выходе. Также полную стоимость проезда можно сразу же оплатить водителю наличными, бросив в мелочь в специальный ящик.

- Все остановки на Тайване, можно сказать, – «по требованию», то есть перед нужной вам остановкой в салоне надо нажать специальную кнопку и подать звуковой сигнал водителю о том, что вы выходите. Подобные кнопки установлены по всему салону, и вы легко их найдёте. Над ней находится небольшая красная сигнальная лампочка, и после нажатия на кнопку эта лампочка замигает и раздастся специальный звуковой сигнал.

Железнодорожный транспорт

Железнодорожный транспорт на Тайване развит так же хорошо, как и городской. Существует несколько типов и категорий поездов. Например, привычные нам электрички – пригородные электропоезда. Купить билет на них можно в кассе вокзала или же оплатить проезд транспортной картой (которой мы пользуемся для оплаты проезда в городском транспорте) перед входом на платформу станции.

Поезда дальнего следования разделены на несколько категорий в зависимости от дальности маршрута (расстояния), типа поезда, уровня комфортности и скорости поезда.

Настоящая гордость тайваньцев – высокоскоростные магистрали (HSR – High Speed Rail): высокоскоростной экспресс, связывающий столицу – Тайбэй на севере острова с Гаосюном на юге. Если обычный поезд преодолевает расстояние почти в 400 километров от Тайбэя до Гаосюна более чем за 6 часов, то высокоскоростной экспресс покрывает это расстояние в среднем всего за 2 – 2,5 часа.

Автомобильный транспорт

На Тайване широко развита сеть междугородных автобусов. На линию ежедневно выходят сотни автобусов различных транспортных компаний. В Тайбэе рядом с Главным железнодорожным вокзалом находится автовокзал, откуда автобусы отправляются во все концы острова. Главный минус автобуса – частые пробки на автострадах и шоссе в выходные и праздничные дни.

21. 臺灣菜

料理是文化中不可或缺的元素之一，除了展現人民的生活型態，反映國家的自然環境，更蘊含著一代傳承一代的民族靈魂。臺灣受中華飲食文化影響，共有八大菜系：臺（河洛）菜、客家菜、素菜、北方菜、湖南菜、江浙菜、廣東菜及四川菜。中華料理講求色、香、味俱全，在此列舉數項代表性菜色做介紹。

宮保雞丁：來自四川菜系的經典菜色，雞肉切丁與乾燥辣椒、花生拌炒。受到廣大臺灣人甚至是外國人的喜愛。

餃子：擁有超過1800年的製作歷史，在臺灣通常以薄而富彈性的餃子皮包裹精心剁碎的絞肉、蔬菜等內餡製成。最常見的內餡為豬肉。

北京烤鴨：中華料理的代表，享譽國際，烤得薄而酥脆的鴨皮是其魅力所在。

Сяо Лун Бао, или «пельмени-пирожки» на пару

21. Тайваньская кухня

Национальная кухня является одним из неотъемлемых элементов культуры нации. Это одна из важнейших сторон жизни каждого народа, более того, в известном смысле кулинарное искусство является предметом гордости того или иного этноса, вкусовые пристрастия и рецепты национальных блюд передаются из поколения в поколение, они отражают природные условия, в которых живут эти народы, а также их менталитет, представления о прекрасном и отвратительном: съедобном и несъедобном, вкусном и невкусном, своём и чужом. Одним словом, еда и напитки – одна из тех граней культуры, благодаря которым нация осознаёт себя и становится известной в мире.

Тайвань обладает огромными возможностями и перспективами для реализации туристических ресурсов: это и красивая природа (океан, моря, горы, скалы), и архитектурные, исторические и культурные памятники (музеи, храмы, мемориалы), и другие самые разнообразные реалии современной жизни (в частности, торговля и бизнес), привлекающие туристов и гостей на остров. Вкусная еда является важным элементом хорошей турпоездки.

Разнообразие тайваньских кулинарных традиций включает в себя восемь основных видов тайваньской кухни: *кухня холо* (именуемая также «*миньнаньской*», т.е. *южнофуцзяньской*, или просто «*тайваньской*»), *кухня хакка* и *вегетарианская кухня*, а также издавна существующие кулинарные традиции из самых разных областей материкового Китая, такие как *северная кухня*, *хунаньская кухня*, *кухня области Цзян-Чжэ* (провинций Цзянсу и Чжэцзян), *гонконгская* (*кантонская*) и *сычуаньская кухни*. Можно сказать, что многогранная кухня Тайваня отражает всё разнообразие географических, этнических, экономических и культурных влияний на острове.

Большинство блюд тайваньской кухни происходит из китайской кухни. Китайская кухня, имеющая многовековую историю, уникальные особенности рецептуры, многочисленные стили и традиции национальной кулинарии, включая свои особые методы приготовления пищи, является важной составной частью китайской культуры.

Китайские блюда знамениты своим цветом, ароматом, вкусом и очень привлекательным, аппетитным видом. Мы коротко расскажем о восьми наиболее известных и популярных у туристов блюдах тайваньской (китайской) кухни.

Итак, вот эти восемь наиболее известных блюд: *свинина (или курица) в кисло-сладком соусе, курица Гунбао, тофу Ма По, вонтоны, пельмени, китайские рулетики, жареная лапша* и *утка по-пекински*. Все эти блюда можно заказать в большинстве ресторанов на Тайване.

1. Свинина (или курица) в кисло-сладком соусе

Свинина в кисло-сладком соусе имеет яркий оранжево-красный цвет и великолепный вкус – сладкий и кислый одновременно. Изначально это была именно свинина в кисло-сладком соусе. Со временем, чтобы удовлетворить запросы клиентов, рестораторы и повара стали предлагать и курицу, и говядину, и свиные рёбра в кисло-сладком соусе.

2. Курица Гунбао

Это одно из самых знаменитых блюд в сычуаньском стиле. Курица *Гунбао* пользуется большой популярностью как у тайваньцев, так и у иностранцев.

Главными ингредиентами этого блюда являются нарезанное кубиками мясо курицы, сушёный острый красный перец и жареные орехи арахиса. Есть и несколько «усовершенствованный» вариант курицы Гунбао: нарезанное кубиками мясо курицы покрывают кукурузным крахмалом, к блюду добавляют овощи, кисло-сладкий соус и мелко порубленный чеснок.

3. *Тофу Ма По*

Тофу *Ма По* является одним из самых знаменитых блюд в сычуаньской кухне. История этого блюда насчитывает более 100 лет.

Китайское слово *Ма* (麻) подчёркивает наличие у этого блюда пряного и острого вкуса, который достигается благодаря использованию порошка из перца – одного из часто используемых ингредиентов в сычуаньской кухне. Вкус тофу делается богаче за счёт добавления говяжьего фарша и мелко порубленного зелёного лука. Это действительно очень вкусно.

Один из видов тофу – соевого творога

4. Вонтоны

Начиная со времени правления династии Тан (618 г. – 907 г.), для китайцев было традицией есть вонтоны в день зимнего солнцестояния (день, когда солнце светит дольше, чем во все другие дни; в северном полушарии это всегда происходит 21 или 22 декабря).

Одна из распространённых форм вонтона – треугольник. В этом случае вонтоны похожи на итальянские тортеллини. Обычно их варят в воде и подают с бульоном. Иногда вонтоны жарят. Начинкой служит рубленая свинина или креветочный фарш.

5. Пельмени цзяо цзы

Пельмени в Китае делали еще 1800 лет назад. Это одно из наиболее популярных и распространённых блюд в Китае. Популярны *цзяоцзы* и на Тайване. Можно сказать, что пельмени являются одним из главных символов китайской и тайваньской кухни. В частности, это блюдо традиционно присутствует на праздничном столе тайваньцев накануне Нового года по лунному календарю.

Пельмени обычно готовят из рубленого мяса и мелко нарезанных овощей, завёрнутых в тонкий и эластичный кусочек теста. Наиболее популярными видами начинки являются свиной фарш, мелко нарезанные креветки или рыба, куриный фарш, рубленая говядина и овощи.

Пельмени варят, но можно их готовить и на пару; также их жарят или запекают.

6. Китайские рулетики

Китайские роллы – это рулетики цилиндрической формы, кантонское блюдо в стиле «дим-сум». Начинкой этих небольших рулетов может служить мясо или овощи, на вкус они могут быть сладковатыми или пряными.

После того как рулетики начиняют, их поджаривают. На стол их подают горячими с аппетитной корочкой золотистого цвета.

7. *Жареная лапша*

В буквальном переводе с китайского название этого блюда так и звучит: «жареная лапша». Обычно оно состоит из следующих ингредиентов: собственно лапша, мясо (обычно курица, говядина, креветки или свинина), лук и сельдерей. Перед тем как жарить лапшу, её немного подваривают.

После этого лапше дают остыть, а затем жарят с другими компонентами на сильном огне при постоянном помешивании.

8. *Утка по-пекински*

Утка по-пекински – одно из самых известных и популярных блюд не только в Китае и на Тайване. Это один из главных символов китайской кухни, известный на весь мир.

Особенно ценной частью утки по-пекински, по признанию многих, является её тонкая хрустящая кожа. Нарезанную на тонкие дольки утку обычно подают с лепёшками (по виду и форме похожими на *лаваш*), сладким бобовым соусом или соей с измельчённым чесноком.

На Тайване туристы могут отведать также и другие деликатесные блюда, такие как *хо-го*, или *хот-пот* (иногда его ещё называют «*горячий самовар*», или «*китайский самовар*»), жареные креветки, жареный рис и многие другие вкусные и оригинальные блюда.

Назовём ещё некоторые популярные на Тайване блюда, которые мы вам рекомендуем обязательно попробовать: это, например, говяжья лапша, особые китайские «булочки» (или разновидность пельменей) – *сяо лонг бао*, устричный омлет, рис с мясной подливкой – *лу роу фан* и многие другие, которые вы найдёте в меню местных кафе и ресторанов.

Приятного аппетита!

(Использованы материалы сайта: http://www.chinahighlights.ru/culture/eight-chinese-dishes.htm)

22. 珍珠奶茶

若論臺灣最聞名全球的美食，珍珠奶茶當之無愧。珍奶發明人將粉圓加入茶中，白色或黑色的粉圓彷彿珍珠一般，因而得名。現今人們也會搭配綠茶或是烏龍茶，最經典的則是紅茶與牛奶的搭配。除了珍珠奶茶以外，也有波霸奶茶，即是加入大型珍珠，嘗來更有口感。主要成分為纖維且幾乎不含油脂的椰果也是一項受歡迎的選擇。追求健康的人可以嘗試紅豆奶茶，不僅有豐富的蛋白質與纖維，飽足感強烈，滋味也不輸傳統珍奶。其他還有綠豆、薏仁、燕麥等配料可自由搭配。

Тайваньский молочный чай с «жемчужинами»

22. Молочный чай с «жемчужинами»

Говоря о блюдах тайваньской кухни, которые получили известность по всему миру, мы, конечно, должны упомянуть и *жемчужный молочный чай*, или, как его ещё называют, – молочный чай с «пузырьками». Это чай с особенными шариками, напоминающими настоящие жемчужины. На самом деле эти «жемчужины», или чёрные «пузыри», сделаны из муки (крахмала) тапиоки. Такой «чайный напиток» сегодня уже завоевал огромную популярность во всём мире и стал одной из кулинарных «визитных карточек» Тайваня.

Примечательно, что по своим вкусовым качествам тапиока не похожа ни на один продукт, именно поэтому напитки – коктейли с разноцветными «жемчужинами», чай и кофе, выпечка и десерты (пироги, пудинги), а также соусы и супы с добавлением тапиоки приобретают неповторимые оттенки вкуса.

Существует несколько версий о происхождении этого напитка. По одной из них, создателем жемчужного молочного чая является некто *Лю Хан Чи*, работавший в чайной «*Чун Шуй Тан*», которая находилась в городе Тайчжуне. Он любил экспериментировать с чаем, стараясь получить новые, необычные на вкус варианты напитка. Однажды, когда он добавил в чай молоко, фрукты и шарики тапиоки, ему удалось получить по-настоящему интересное и необычное сочетание вкуса, аромата и консистенции. Так в начале 1980-х и родился *чжэнь чжунайча* (по-китайски 珍珠奶茶), или «*Bubble Tea*», как во всём мире этот напиток был назван по-английски. Увидев такой стремительный успех жемчужного молочного чая, многие рестораны, кафе и магазинчики Тайваня стали добавлять тапиоку и разнообразные фрукты в чай и мороженое.

К середине 1990-х «чай с пузырьками» был уже хорошо известен во всей Юго-Восточной Азии (во многом благодаря рекламе и стремительной популярности, которую этот вариант чая первоначально обрёл в Японии). Это стало началом роста популярности и толчком для распространения «чая с пузырьками» в других странах.

И всё-таки, что же представляют из себя эти «жемчужины»? На вид и по вкусу это чёрные плотные желеобразные шарики, которые, как мы уже сказали, производят из крахмала тапиоки. Саму тапиоку получают из корня кассавы, или маниока, – корнеплодной культуры, которая произрастает в большинстве тропических стран. Важно отметить и полезно знать, что крахмал, который содержится в этом экзотическом продукте, богат холином, который нормализует уровень сахара в крови, а витамины группы *B* необходимы для обеспечения нормальной работы нервной системы нашего организма. В нём также есть и такие минералы, как кальций и фосфор, которые важны для костной ткани. Входящий в состав крахмала тапиоки калий, в свою очередь, способствует выведению из организма лишней жидкости, нормализации давления и улучшению работы сердечно-сосудистой системы. Из минусов можно выделить лишь только высокую калорийность этого продукта.

«*Чжэньчжу*» – «жемчужины» из тапиоки, таким образом, полностью состоят из углеводов, не содержат белков, жиров или клетчатки. В общем, пользы от этих любопытных и специфических чайных «пузырьков» из тапиоки почти нет, но зато их приятно просто пожевать, так как они обладают упругой, довольно плотной желейной текстурой, отдалённо напоминающей мармелад (только они почти безвкусные).

Самый популярный вариант жемчужного молочного чая на сегодняшний день, его «классический» вариант, – напиток из чёрного чая с добавлением молока, однако в последние годы широкую популярность снискали вариации на основе зелёного чая и улуна.

Купить и попробовать жемчужный чай на Тайване можно практически везде: на ночных рынках, в чайных, а также в специализированных магазинчиках и лавочках, где этот чай разливают в большие стаканы и запечатывают сверху тонкой пленкой. При покупке вам также выдадут специальную толстую «соломинку» с заострённым концом, которым вы можете «пробить» пленку, чтобы спокойно и с удовольствием потягивать этот оригинальный и приятный по вкусу, очень освежающий в жару напиток.

Жемчужный молочный чай уже давно «вышел в свет» и стал популярен буквально во всём мире: в Европе и Америке, в Азии и Австралии. Относительно недавно этот чай появился и в России, где его можно попробовать, например, в Москве и Петербурге: там уже открылись магазины по продаже этого «тайваньского чуда».

23. 臺灣的紀念品

　　旅途中總會想購入一些能夠紀念這段旅程的小東西，而臺灣的紀念品絕不會讓人失望。臺灣是愛茶者的天堂，由於氣候環境合適，基本的紅茶、綠茶便有許多種類，在高山栽培園裡更培育出烏龍茶、普洱茶等，而茶具也是十分受歡迎的送禮選擇。若偏好酒精飲品，除了聞名全臺的金門高粱，以宜蘭舊稱為名的噶瑪蘭威士忌也值得一試。臺灣的玉石品質優良，飾品作工精細。玉本身便有冰清玉潔的寓意、鎮邪保安的功效，搭配風水考量製成的擺飾或護身符也不失為一個好選擇。此外還有書法作品、鶯歌的陶瓷器皿、中藥材、絲製品等等，每種都飽含地方特色與傳統文化的精髓。離開臺灣前，不妨挑幾樣與回憶一同帶走吧！

Нефрит в китайской культуре – особо почитаемый камень

23. Тайваньские сувениры

Приезжая в любой уголок земного шара, посещая какую-либо экзотическую страну, знакомясь с новым городом, туристы, как правило, хотят приобрести что-нибудь на память: традиционный местный сувенир, безделушку или просто что-то оригинальное.

Если говорить о Тайване, то, наверное, самым распространённым и популярным сувениром и подарком, купленным здесь, будет что-нибудь вкусное. Ничего удивительного: тайваньцы не просто очень любят вкусно поесть, но и придумывают различные оригинальные кулинарные рецепты. Это не только просто обычные блюда, но и невероятное количество всевозможных сладостей – разнообразные виды десертов: пирожные и торты, конфеты, печенье и различные виды выпечки из теста, риса и т.п. Причём каждый регион, каждый город знаменит своими особыми кулинарными изысками…

Безусловно, Тайвань прежде всего славится своим чаем: на прилавках магазинов, в чайных лавках, на рынках можно найти множество сортов чая: разные виды зелёного (обычный зелёный чай, чай с жасмином, цветочный чай, высокогорный чай) и чёрного чая (примечательно, что чёрный чай здесь называют «красным»), а также бирюзовый чай, или улун. Вы можете купить сортá чая, выращенного на высокогорных плантациях в разных регионах Тайваня. Так что Тайвань – настоящий рай для любителей этого напитка. Можно попробовать и приобрести такие диковинные сорта, как *тегуаньинь* – один из видов чая улун, занимающий промежуточное положение между зелёным и чёрным чаем, или, например, *пуэр* – это постферментированный, спрессованный в виде лепёшки чай, обладающий очень необычным специфическим вкусом. Приобрести этот, пожалуй, самый известный тайваньский сувенир, можно и в упаковке (как в обычной, «рыночной», так и подарочной: специально красиво оформленные сувенирные «чайные наборы»), и на развес.

Восточная кухня хорошо известна своими специями и пряностями. Многие привозят в качестве сувенира приправы: порошки, оригинальные соусы (в первую очередь, разные виды соевого соуса, ароматные смеси), а также сухие китайские бульоны, различные виды местной лапши, сушёное мясо, диковинные грибы, наборы для приготовления супов, тростниковый и кокосовый сахар и т.п.

Оригинальным подарком могут быть разнообразные сухофрукты, в том числе и экзотические, которые здесь можно купить на любом рынке.

Из алкогольной продукции можно посоветовать попробовать традиционный местный крепкий алкогольный напиток «*Гаолян*», производимый из одноимённого сорта злаковых трав. Он бывает двух видов – 38° и 58°. Изготавливают его, в основном, на острове *Цзинмэнь* (*Кинмэнь*), расположенном совсем рядом с материковым Китаем, и на острове Мацзу. Именно «Гаолян» с острова Цзинмэнь считается лучшим на Тайване. Также можно приобрести и местный тайваньский виски марки «*Кавалан*», производимый в уезде Илань. Исторически *кавалан* – это этническая группа коренного населения, проживающая в этом регионе Тайваня.

Всемирную известность приобрёл Тайвань и благодаря производимой здесь электронике, а такие марки, как «*HTC*», «*ASUS*», «*Acer*» являются одними из самых популярных и конкурентоспособных брендов на мировом рынке. В торговых центрах и на рынке электроники *Гуан Хуа Диджитал*

Плаза вы найдёте огромный выбор самой современной компьютерной техники и мобильных телефонов, различных гаджетов, аудио-видео техники и электроники.

Если говорить о других привлекательных сувенирах, то, помимо ставших популярными магнитиков на холодильник, большим спросом у туристов на Тайване пользуются традиционные для китайской культуры предметы культа: статуэтки Будды и буддийских божеств – богов китайского пантеона, фигурки драконов и львов. Обратите внимание, что такие фигурки (например драконов, львов и других мифических существ) в китайской культуре принято покупать парой.

Особо популярным и оригинальным сувениром с Тайваня считаются нефритовые статуэтки, фигурки животных, чаши, рюмки, тарелки, а также украшения: серьги, кулоны, бусы, кольца, перстни, подвески, броши, браслеты, разнообразные амулеты и талисманы фэншуй.

Нефрит – особо почитаемый на Тайване камень, его часто называют «камнем жизни». В китайской культуре нефрит традиционно символизирует красоту, благородство, честность, мужество, совершенство, долголетие, а также власть. «Его мораль чиста, как нефрит», – говорил китайский философ Конфуций о хорошем человеке, а старинная китайская пословица гласит: «Золото имеет цену, нефрит же бесценен». Изделия ручной работы из нефрита всегда считались одними из самых драгоценных. Люди не только носили их в качестве украшений, но также украшали ими свои жилища, как дань утончённости, красоте и вечности.

Нефрит – очень прочный камень, если по нему ударить чем-нибудь твёрдым, то с ним ничего не случится. Это один из способов, как можно отличить подделку от подлинного нефрита. Можно также несколько раз постучать по предмету из нефрита деревянной палочкой – раздастся мелодичный звук. Ещё можно попытаться поцарапать камень иголкой: если камень настоящий, то на нём не останется никаких царапин.

Хорошим сувениром и подарком будут и другие изделия ручной работы: вышивки, в том числе из шёлка, вырезки из бумаги, гравюры, кожаные выделки, резьба по камню и дереву, керамика и т.д.

Среди сувениров мы уже упомянули талисманы. Назовём ещё один из самых распространённых в китайской культуре – *тыква-горлянка*: традиционно считается, что этот талисман, изготовленный из дерева или керамики, поглощает отрицательную энергию, избавляет от болезней и неприятностей, дарует своему владельцу здоровье и долголетие.

Большим спросом у туристов и гостей Тайваня пользуются и другие талисманы-символы фэншуй, которые, по поверьям, помогают привлечь удачу, достаток, обрести благополучие в семье и гармонию с окружающим миром. Например, монетки, перевязанные между собой красными верёвочками,

которые соединяются узлами, обязательно притянут деньги. А вот денежное дерево, увешанное монетками, принесёт своему владельцу нескончаемое богатство. Фигурка лягушки с монеткой во рту «притягивает» в дом деньги, кошка с поднятой вверх лапкой будет оберегать

В основе средств традиционной китайской медицины - природные компоненты

жилище своего хозяина от сглаза, а фигурка Будды будет привлекать удачу и оберегать здоровье. Можно привезти в подарок уже ставший популярным в России и встречающийся во многих российских домах талисман фэншуй в виде тонких стеклянных или металлических палочек, висящих на верёвочках – «Музыка ветра». При дуновении ветра они издают мелодичный звон, который не только услаждает ваш слух, но и «работает» как оберег от злых духов.

К популярному традиционному ручному искусству относится китайская каллиграфия – красиво выполненные надписи традиционными китайскими иероглифами. Китайская каллиграфия – одна из распространённых и популярных форм искусства, а каллиграфы – весьма уважаемые люди. Существует несколько стилей письма: *чжуаньшу, лишу, синшу, цаошу* и *кайшу*. У каждого есть свои особенности, техника исполнения, функции и предназначение. Искусство красивого написания иероглифов в китайском языке называется «шуфа» (*кит.* 書法), что в дословном переводе означает «способ, норма письма» или же просто «каллиграфия». Можно купить как уже готовые шедевры местных художников-каллиграфов, так и специальные наборы принадлежностей для письма: бумага для каллиграфии, тушь (чернила), набор кистей и тушечница.

Прекрасным подарком для любителей изящного искусства также станут произведения живописи, выполненные в традиционном для китайской культуры стиле. Китайская живопись – также один из древнейших видов традиционного искусства. В классической китайской живописи можно выделить две главные техники:

1. щепетильная, так называемая «живопись интеллектуалов» или *гун-би* («тщательная кисть»).

2. от руки, или «*шуй-мо*» («*шуй*» – значит 'вода', а «*мо*» – 'тушь'), здесь для нанесения туши или чернил использовалась кисть.

В магазинах и на рынках Тайваня вы всегда найдёте большой выбор посуды и тканей, в том числе в традиционном национальном стиле, а также в стиле различных аборигенских племён.

Традиционно огромным спросом пользуется фарфор. Глаза разбегаются от разнообразия ассортимента, форм и красок различных изделий из фарфора: посуды, шкатулок и статуэток, панно и настенных декоративных тарелок, ваз и кувшинов, чайных и кофейных сервизов. Нельзя не упомянуть и об изделиях из керамики. Негласной столицей фарфора и керамики считается небольшое местечко *Ингэ* недалеко от Тайбэя (Новый Тайбэй). Здесь вы можете посетить музей керамики, а потом пройтись по городку и посетить множество магазинов и лавочек с керамической и фарфоровой продукцией. В зависимости от вашего вкуса и кошелька вы можете приобрести и увезти на память красочные керамические тарелки, вазы, чашки, пиалочки для чая, чайники, наборы посуды для чайной церемонии. Многие изделия украшены декоративной росписью и покрыты глазурью. Узоры и орнамент выполнены как в традиционной китайской технике, так и в стиле местных тайваньских аборигенских племён. Лучшего подарка для себя или друзей просто не найти!..

Прекрасным дорогим и оригинальным подарком будет китайский шёлк и различные изделия из него: бельё, подушки, покрывала, одеяла, галстуки, платки и палантины, национальные халаты – «*ципао*» – и даже картины. Очень часто на таких изделиях – вышивка с изображением традиционных для китайской культуры пейзажей, драконов, иероглифов.

Неотъемлемой частью культуры Тайваня является традиционная китайская медицина. Лекарственные средства, применяемые в ней, играют очень важную роль в образе жизни тайваньцев. Основа китайской медицины – использование в лечебной, целительской практике различных трав и снадобий. Существуют тысячи видов трав, используемых в качестве лекарственных средств, в том числе корень аконита, камелия, кайенский перец, китайский огурец, хризантема, дурнишник, семена кротона, имбирь, женьшень и многие другие.

Можно, конечно, много и подробно говорить о том, что привезти в подарок или приобрести на память себе или своим близким. Лучше увидеть всё собственными глазами, прицениться, поторговаться, сделать свой выбор... Пройдитесь по магазинам и лавкам, побродите по ночным рынкам, подержите в руках изделия из камня и дерева, фарфора и шёлка, примерьте традиционную для Тайваня одежду, попробуйте разные по вкусу блюда...

...А ещё обязательно привезите из Тайваня главный, яркий и завораживающий атрибут традиционной китайской культуры – воздушного змея, фонарик из шёлка или бумаги, выполненный и расписанный в традиционном китайском стиле, или же фигурки драконов.

24. 花市和玉市

對喜歡逛街的人來說，臺灣可以說是購物天堂也不為過。大街小巷都有各式各樣的商店，從路邊攤到高級百貨公司，賣的東西從日常用品到奢侈的名牌精品，應有盡有。其中位於首都臺北的花市與玉市更是購物狂必訪聖地。這兩個市場相互比鄰，位於捷運大安站旁高架橋下，充分展現臺灣人物盡其用的空間利用精神。初入花市，便先被撲鼻而來的香氣迷醉，百花齊放的畫面令人目眩神迷，在這裡您可以找到各式花種、樹苗、肥料、園藝用品，也有木雕、造景花卉等。穿過花市，馬路對面便是玉市了。這裡流通著顏色質地各異的玉石，流光溢彩，彷彿一座露天的礦石博物館。除了原石，也有精雕細琢的飾品、佛像、擺飾、骨董等，可依個人需求搭配家中風水做選購。儘管有些商品可能難以帶出國，但絕對值得到此一遊！

Царство цветов, или цветочный рай – так нередко туристы называют Цветочный рынок Тайбэя

24. Цветочный и Каменный (Нефритовый) рынки

....

Для любителей ходить по магазинам Тайвань – настоящий рай! Лавочки, небольшие магазинчики, рынки здесь практически на каждом шагу в любом, даже маленьком провинциальном городке.

Тайбэй, как и любая столица, конечно, – самый большой «торговый центр»: здесь есть магазины на любой вкус: от маленьких магазинчиков по продаже хозяйственных и бытовых товаров, где можно дёшево купить всякую мелочёвку для дома (посуду, бытовую химию, моющие и чистящие средства, мочалки и губки для мытья посуды, инструменты и краски, канцелярские товары и многое другое), до роскошных гигантских многоэтажных торговых комплексов, в которых продаются товары ведущих мировых производителей, здесь можно приобрести изделия известных торговых марок и брендов. Поход по таким торговым центрам можно, скорее, сравнить с посещением музея, где каждый магазин – как отдельный выставочный зал определённой тематики.

Но самые «демократичные» места, где вы без труда найдёте разнообразные товары по вполне доступным ценам, – это рынки. Своеобразными достопримечательностями Тайбэя являются *Цветочный* и *Каменный* (*Нефритовый*) рынки. Найти их несложно: они находятся в двух шагах от станции «красной» линии метро «Парк Даань». Месторасположение рынков довольно оригинальное. Это одна из иллюстраций того, как экономно и весьма эффективно тайваньцы используют территорию города. Рынки расположились прямо под одной из автомобильных эстакад, как будто бы под мостом.

Сначала вы попадаете на цветочный рынок – и моментально чувствуете себя опьянёнными ароматами самых разных цветов: лилий, роз, тюльпанов, а от яркой палитры красок буквально рябит в глазах: одних орхидей можно насчитать около десятка различных форм и расцветок. Видов и сортов цветов, кажется, – бесчисленное множество: от знакомых всем кактусов, которые тоже представлены в широком ассортименте и в определённом ценовом диапазоне, до всяческих экзотических растений, как например лотос и геликония.

Цветы здесь в основном продают в качестве рассады для комнатных растений или для высадки на приусадебных участках; можно купить готовые букеты или цветы поштучно. В некоторых местах в продаже есть даже целые деревья, например японский клён. Любители японского искусства бонсай и икебана также найдут здесь различные их образцы.

В общем, в любое время года: летом, зимой, весной и осенью – здесь всегда буйство красок и царство ароматов! Неспешно пройдитесь вдоль рядов и представьте, что вы попали в своеобразный «живой музей экзотической фауны».

Здесь же можно купить всё, что нужно для ухода за комнатными и садовыми растениями: горшочки разнообразных форм, размеров и цветов, лейки, землю и грунт, семена для рассады, удобрения, садовый инвентарь. В этой же части рынка продают изделия из натурального дерева: мебель, декоративные элементы, шкатулки, подставки, фигурки, скульптуры. Всё это – тонкая ручная работа мастеров резьбы по дереву. А рядом – мастера керамики демонстрируют свой товар – изделия из глины: посуду, статуэтки, декоративные украшения. Когда берёшь такие работы в руки, чувствуешь, что у тебя перед глазами настоящее произведение искусства!

На рынке можно увидеть и приобрести не только чудеса флоры, но и представителей фауны: кто-то продаёт аквариумных рыбок, аквариумы, аквариумные растения, кто-то небольших собачек и котят…

На некоторых лотках предлагают традиционные в китайской культуре талисманы и украшения, предметы местных религий и культов – буддизма и даосизма, фигурки и изображения Будды.

Пройдя до конца Цветочного рынка и перейдя дорогу, вы попадаете на Каменный, или Нефритовый рынок. Если по Цветочному рынку можно гулять не один час, то на Каменном можно провести хоть целый день!

Названия рынков говорят сами за себя: на Цветочном продают цветы, а Каменный рынок – царство камней. Если же Цветочный рынок похож на ботанический сад, то Каменный – своеобразный минералогический музей под открытым небом. В первую очередь, здесь продают настоящие природные минералы и камни: обычные, полудрагоценные и даже драгоценные.

Самый популярный полудрагоценный камень на Тайване, один из его символов – *нефрит*, и официальное название рынка тоже связано с ним – Нефритовый рынок. От разнообразия и пестроты просто разбегаются глаза! Здесь можно увидеть необыкновенные по размеру, цвету и форме минералы и камни – это нефрит различных оттенков, *яшма*, *сердолик*, *агат*, *бирюза*, *малахит*, *кварц* и многие другие. Некоторые продавцы предлагают удивительные по виду *кораллы*: от жемчужно-белого до нежно- и ярко-розового цветов, встречаются и продавцы *жемчуга*.

Многие тайваньцы приходят сюда как в клуб: кто-то внимательно изучает каждый камешек через увеличительное стекло, кто-то обсуждает цвет, формы и качество, кто-то просто пьёт чай в компании, ведя разговоры на самые разные темы…

От обилия и разнообразия украшений буквально рябит в глазах

На Каменном рынке вы найдёте ювелирные украшения на любой вкус: от недорогой бижутерии до настоящих шедевров ювелирного искусства. Многие продавцы предлагают антикварные изделия – предметы старины, включая монеты, банкноты, старые вещи и многое другое.

За прилавком стоит не просто продавец: часто это сам мастер представляет свои изделия. Для многих это уже многолетний семейный бизнес, существующий не один десяток лет. Мастера создают оригинальные и необычные украшения. Их ассортимент необычайно широкий: это серьги – от миниатюрных до крупных, богато украшенные ожерелья и колье, бусы различной длины, кулоны, амулеты, кольца и перстни, браслеты, броши в виде цветов, растений и животных, а также с абстрактным, «авторским» дизайном, заколки для волос, гребни. Изделия, выполненные из различных пород камней: нефритовые, бирюзовые, гранатовые, малахитовые, жемчужные, а также коралловые украшения на любой вкус, цвет и кошелёк пользуются большим спросом у покупателей.

Здесь же можно приобрести замечательные изделия из дерева и кожи, декорированные ценными породами камней. Например, изящные шкатулки, замысловатые по виду коробочки, пепельницы и многое другое. В изобилии представлены каменные и деревянные фигурки Будды: сидящего, лежащего, улыбающегося, молящегося… Можно выбрать и приобрести на память недорогую фигурку, например в виде статуэтки или брелока. Здесь же вы найдёте изваяния разных китайских божеств любого размера и множество других культовых украшений и предметов, связанных с религией и учением фэншуй: фигурки дракона, основная функция которого – оберегать жилище и охранять здоровье, трёхлапая денежная жаба *Чачу* с традиционной древней китайской монетой во рту, приносящая в семью и дом дополнительный денежный доход, фигурки рыбы и черепахи, также приносящих удачу, и изображения прочих животных, связанных как с фэншуй, так и с китайским гороскопом и знаками зодиака.

Отдельного внимания заслуживают мастера по изготовлению глиняных чайников. Это также один из традиционных видов ремесла. Миниатюрные чайники, украшенные оригинальной росписью, иероглифическими надписями, орнаментом, лепниной или обычные на вид чайники из глины – это подлинные произведения искусства, и стоит каждый такой чайник, даже без всяких украшений, совсем не дёшево! На днище каждого чайника вы увидите личное клеймо мастера – это обязательная для китайской культуры гарантия качества от самого мастера. У туристов вызывают удивление большие и почти неподъёмные традиционные чугунные чайники. Такой чайник, конечно, с Тайваня не увезёшь, но посмотреть на него сто́ит!

Возвращаясь обратно и снова пройдя через Цветочный рынок, вы можете ненадолго заглянуть в третью, совсем маленькую часть рынка, которая находится как раз напротив одного из входов в парк Даань. Эту часть можно назвать «лавка художника». Здесь вы увидите выставленные на продажу картины местных живописцев, выполненные в традиционном китайском стиле. Также здесь можно приобрести чай, чайную утварь и различные аксессуары для чайной церемонии, другую сувенирную продукцию.

Бродить по этим рынкам можно хоть целый день, и, даже если вы ничего не купите, вы получите огромное наслаждение, а незабываемые впечатления останутся на всю жизнь.

節慶
Праздники

25. 中秋節

　　農曆八月十五是臺灣富有意義的節日：中秋節。唐朝詩人李白曾吟：「舉頭望明月，低頭思故鄉。」故中秋節時家家團圓、享用美食、賞月，並思念在遠方的親人。有關中秋節的由來最著名的莫過於「嫦娥奔月」，根據傳說，嫦娥因為食用了長生不老藥，而在八月十五日這天飛往了月球。此後思念妻子的后羿便常以嫦娥喜愛的糕點設宴以示紀念，其後便發展成了現今的月餅。中秋節在臺灣以外的東南亞地區亦是人們重要的節日。

Помело – один из главных «съедобных» символов праздника Луны

25. Праздник Луны – Цжунцю

Вслед за жарким солнечным летом наступает изменчивая осень. На 15-й день восьмого месяца по лунному календарю, в день первого полнолуния осени, на Тайване отмечают праздник урожая – *Праздник середины осени*, или, как его ещё называют, – *Праздник полной Луны*.

Праздник Луны – традиционный национальный праздник в китайской культуре. Он такой же значимый, как и Китайский Новый год. В этот день отмечают окончание сбора урожая.

Праздник середины осени, как и Новый год по лунному календарю, тайваньцы проводят в кругу семьи. Полная луна в этот день особенно яркая и круглая, она символизирует благополучие, изобилие и гармонию. *Ли Бо*, великий поэт династии Тан, писал: «Голову вверх подняв, я взор к Луне обращаю, а опустив её, о родине вспоминаю». Поэтому праздник Луны называют также днём встречи всей семьи, и в этот день все члены семьи собираются вместе и отмечают его сытным праздничным обедом. Во время обеда нужно говорить только о хорошем, любоваться луной, думать о тех, кто сейчас далеко, и мысленно посылать им самые добрые пожелания.

О происхождении этого праздника сложено немало народных легенд. Одна из них повествует о том, что давным-давно на небе появилось сразу десять солнц, что привело к возникновению огромного пожара. Тогда император Китая попросил героя по имени *Хоу И* сбить девять солнц, оставив только одно. Тот успешно справился с заданием и получил в награду эликсир жизни. Он принёс эликсир домой и спрятал его. Но через некоторое время император вновь призвал героя на помощь. А пока Хоу И не было дома, его жена –

красавица *Чан Э* – обнаружила эликсир и выпила его. И сразу тело её вдруг стало лёгким, отделилось от земли и устремилось вверх, к Луне. С вот тех пор Чан Э живёт в лунном дворце, страдает от одиночества и тоски по мужу. А Хоу И после смерти вознёсся на Солнце. День вознесения Чан Э на Луну как раз и приходится на 15 августа по лунному календарю. Раз в год, 15-го дня 8-го месяца, Хоу И и Чан Э встречаются, и Луна в этот день особенно красива и притягательна.

Люди всегда относились к Чан Э с большим участием, считая её хозяйкой лунного дворца, красивой, мягкой, тихой, как прекрасная Луна. Отмечать это событие со временем стало одной из традиций в материковом Китае и на Тайване.

По преданию, герой Хоу И скучал по жене и часто ставил на стол любимые ею особые лепёшки в качестве жертвоприношения, поэтому с давних времён в народе и возник такой обычай, как жертвоприношение Луне, поклонение ей и любование её красотой. После традиционного ритуала поклонения Луне люди украшали стол свежими цветами, ставили на него фрукты и овощи, пробовали особенные праздничные круглые лепёшки, пили ароматное вино, декламировали стихи, желая друг другу благополучия и счастья. Эти лунные лепёшки, или *юэбины*, обычно их называют «лунные пряники», – традиционный символ праздника Середины осени. Они имеют округлую форму, повторяющую форму луны. Внутрь кладутся разные начинки – ореховые, фруктовые, овощные, – а на поверхности пирожного отпечатываются картинки и иероглифы «*долголетие*» или «*гармония*». В зависимости от кулинарных предпочтений каждого региона состав теста для лунных пряников может отличаться, но в них обязательно присутствуют кунжут, орехи, сахар и яичный желток. В праздник Луны люди угощают

Вкусная еда и её красивое оформление – важный элемент любого праздника на Тайване

этими пирожными родных и друзей в знак пожелания им долгой и счастливой жизни.

Праздник середины осени, или праздник Луны, – второй по значению праздник в китайской культуре, также широко отмечается в Китае и Гонконге, Вьетнаме и некоторых других странах Восточной и Юго-Восточной Азии.

26. 端午節

端午節於農曆每年的五月五日慶祝，是臺灣重要的傳統節日之一。根據傳說，端午節是為了紀念古代詩人屈原。詩人投江自殺，漁夫久尋屈原的遺體卻徒勞無功，遂將米、穀物等糧食投入江中，希望魚蝦別吃詩人的遺骸。今日端午重要活動——划龍舟由此而生，而粽子也成了節日的另一象徵。划龍舟是歡快的活動，河邊常有群眾觀看競賽、欣賞舟身。在臺北舉辦的龍舟競賽不限全臺，更包含來自海外國家的參賽隊伍。在端午節人們也會在房子門上掛上艾草、配戴香包，習俗上認為這樣可以趕走惡靈；在這天也會玩「立蛋」遊戲，據說若在中午能成功將蛋豎立，整年將會有好運。

Праздник драконьих лодок – Дуаньу

26. Праздник драконьих лодок – Дуаньу

Праздник драконьих лодок, или фестиваль лодок-драконов, который также называется день *Дуаньу*, является ещё одним из важнейших традиционных праздников на Тайване. Он отмечается в пятый день пятого месяца по лунному календарю.

Согласно легенде, день Дуаньу стали отмечать в память о древнем поэте и мыслителе *Цюй Юане* (ок. 340—278 до н. э.). Цюй Юань был одним из самых ранних поэтов Китая. Он жил на территории *Царства Чу*. Его родина – сегодняшний китайский уезд *Цзыгуй* в провинции *Хубэй*. Поэзия Цюй Юаня занимает очень важное место в истории китайской литературы и до сих пор почитается китайцами.

Во времена *эпохи Сражающихся Царств* (V века до н. э.) Цюй Юань был министром при царском дворе и выступал за проведение политических реформ. Царю далеко не всегда нравились его советы. И вот однажды один из недоброжелателей оклеветал поэта. Цюй Юань был снят со своего поста и изгнан из города. Всю свою оставшуюся жизнь поэт собирал народные легенды, сказания и предания. Он создавал вечные произведения, в которых воспевал свою страну, выражая самые горячие чувства по отношению к ней.

После того как столица Чу была захвачена войсками соседнего царства Цинь, поэт решил совершить самоубийство. Он написал своё последнее стихотворение и бросился в воды реки *Мило*, где и встретил свою смерть. Произошло это в пятый день пятого месяца по лунному календарю. Рыбаки на лодках долго искали его тело, но их усилия были тщетны. Люди бросали в воду разную еду: рис, кусочки хлеба, яйца – чтобы водяной дракон, рыбы, раки и другие речные обитатели не поедали останки поэта. Эта история легла в основу современного праздника и традиционного мероприятия – гонки лодок-драконов. Другим символом праздника и главным праздничным блюдом в виде рисового колобка в бамбуковой обёртке (часто в форме пирамидок), которое принято есть этот день, стали «*цзунцзы*».

Фестиваль лодок-драконов – это яркое развлекательное, весёлое и шумное зрелище. На берегу реки обычно собирается много людей, чтобы посмотреть не только увлекательные соревнования, но и полюбоваться красотой лодок.

Традиция гонок на драконьих лодках, помимо континентального Китая, Гонконга и Тайваня, сегодня очень популярна не только в Азии, но также в США и других странах. А на соревнования, проводимые в Тайбэе, приезжают участники не только со всех концов острова, но и множество зарубежных команд-участниц, в том числе и из России.

Есть ещё несколько традиций, связанных с этим праздником. Одна из них – украшение домов. Очень часто в это время можно увидеть вывешенные над входными дверями веточки полыни. Принято считать, что это отгоняет злых духов. С такой же целью в доме развешивают ароматические мешочки.

Цзунцзы – главное праздничное блюдо на столе

С этим праздником связана ещё одна любопытная забава – «поставить яйцо». По лунному календарю июнь – месяц лошади, а час лошади – время с 11 до 13 часов. Согласно легенде, если в этот день кто-то сможет в час лошади удержать яйцо в стоячем положении, то он будет счастлив в течение всего года. Для этого сначала нужно постараться найти точку опоры и удержать яйцо в равновесии, чуть-чуть двигая его нижнюю часть. Если яйцо стоит без помощи рук, то ты добился успеха! А вода, которую черпают в полдень во время праздника, помогает изгонять зло и исцеляет болезни.

27. 新年

臺灣與整個中華文化圈最重要的節日莫過於春節了。每年農曆正月一號便是新年，在外生活的家人回鄉齊聚。家家戶戶會進行大掃除，添置年貨、裝飾家中，與西方不同，臺灣人不使用聖誕樹而是貼春聯、掛福字、剪窗花來慶祝新年。嚴格說來，春節其實包含四部分：臘八、祭灶、除夕、新年。臘八源起自釋迦牟尼的傳說，祭灶則是希望灶神為家中帶來福氣。除夕的年夜飯桌上有時會出現水餃，象徵金元寶，若吃到其中包了銅錢的水餃代表新的一年會有好運氣。年夜飯後長輩們會發紅包、晚輩們則會守歲，有時通宵玩樂慶祝，隔天大年初一到親朋好友家拜年，初二則是回娘家。這些熱鬧有趣的過節景象也吸引諸多外國遊客前來一探究竟。

Лунный Новый год – самый яркий и красочный праздник

27. Китайский Новый год

На Тайване, как и в китайской культуре вообще, для каждого времени года существуют свои определённые праздники. Важными традиционными праздниками во всей китайской культуре можно считать Китайский Новый год, или Праздник Весны *Чуньцзе*, праздник Фонарей *Юаньсяо*, праздник Драконьих лодок *Дуаньу*, праздник Середины осени *Чжунцю*.

Самым значительным народным праздником на Тайване считается Праздник Весны, или Новый год по лунному календарю.

Новый год по лунному календарю (или Китайский Новый год) не имеет фиксированной даты, а приходится на первый день первого лунного месяца в новом году. Обычно это бывает в конце января – начале февраля.

Согласно историческим документам, в день, когда один из мифологических древних китайских императоров *Юй Шунь* вступил на престол (а было это более чем 4000 лет назад), он привёл в храм своих министров, чтобы поклониться небу и земле. С тех пор этот день считается первым днём первого лунного месяца в китайском календаре. Эта версия происхождения Китайского Нового года считается основной. В 1911 году Китай принял григорианский календарь, и традиционный Китайский Новый год был переименован в Праздник Весны.

Это, наверное, один из самых продолжительных праздников в мире: он длится две недели. Можно сказать, что это не просто праздник, а целый новогодний карнавал! В этот период времени почти никто не работает, многие магазины закрыты, у школьников и студентов зимние новогодние каникулы.

А за пару месяцев до Нового года уже невозможно достать никаких билетов: ни на поезда, ни на автобусы, ни на самолёты; трудно забронировать и место в гостинице: всё раскуплено жителями острова и туристами.

Новый год, с одной стороны, – семейный праздник, поэтому на этот праздник все члены семьи собираются вместе, как правило, в доме родителей, а в течение всего Нового года тайваньцы навещают своих родственников (прежде всего, старших – дедушек и бабушек). С другой стороны, – это прекрасное время, чтобы отправиться в путешествие по Тайваню или за его пределы – по странам Азии, в Америку или Европу. А на Тайвань в это время приезжает очень много туристов из других стран, в первую очередь, – из Китая, Японии и Кореи.

Какие же главные символы и традиции встречи Нового года на Тайване? Как и во многих странах, Новый год – это символ обновления жизни, поэтому всё нужно привести в порядок: накануне наступления Праздника Весны тайваньцы делают генеральную уборку дома, выбрасывая все старые ненужные вещи, ходят по магазинам, закупая продукты к новогоднему столу, выбирают подарки и новую одежду, в первую очередь, для детей.

К Новому году также принято украшать свои жилища. Конечно, у тайваньцев нет новогодних ёлок, как в России, Европе или Америке, но есть свои традиционные символические украшения. Так, возле входа в свои дома они обычно прикрепляют парные свитки на красной бумаге (*чуньлянь*) с поэтическими и философскими высказываниями-пожеланиями, а на входную дверь вешают иероглиф «*фу*» – 福 , который означает «*счастье*», а окна же украшают вырезанными из бумаги фигурками. Улицы, дома, квартиры празднично оформляют традиционными красными китайскими фонарями, а перед входом в дом обычно вешают два красных фонаря (парность традиционно считается важным элементом).

Главный «новогодний цветок» на Тайване (как и вообще в китайской культуре) во время празднования Нового года по лунному календарю – нарцисс. На новый год вазы с нарциссами обычно ставят рядом с семейными алтарями в знак почитания предков.

Кстати, любопытная деталь: если вы окажетесь на Тайване накануне или во время празднования католического Рождества и обычного, календарного Нового года, то во многих магазинах, государственных учреждениях и обычных домах вы увидите растение с большими красными листьями, которое называется пуансеттия. Пуансеттия цветёт зимой, и её цветущие листья напоминают Вифлеемскую звезду, поэтому она считается символом Рождества и новогодних праздников во многих странах. На Тайване это тоже своеобразный символ этих праздников. Как правило, в домах, перед входом в здания, прямо на улицах ставят не один, а сразу несколько горшочков с этим цветком. Это выглядит очень нарядно, празднично и красиво!

Готовиться к этому самому главному и в то же время самому весёлому празднику начинают уже с конца ноября – начала декабря (как к Рождеству в Европе и Америке, а в России – к календарному Новому году).

Надо сказать, что, строго говоря, Праздник Весны заключает в себе не один, а целых четыре важных дня: праздник *Лаба* (8-е число двенадцатого месяца по лунному календарю), праздник *Цзицзао* – проводы на небо Духа очага (23-е число двенадцатого месяца по лунному календарю), праздник *Цуси* (30-е число двенадцатого месяца по лунному календарю) и День праздника Весны (1-е число первого месяца по лунному календарю).

Первый из четырёх таких дней называется *Лаба*. Лаба – это название традиционной каши, которую готовят и едят в этот день. Согласно буддийским верованиям, именно в этот день несколько тысяч лет тому назад *Шакьямуни* достиг просветления и стал Буддой. А перед тем как стать богом, он удалился от мира и практически отказался от пищи, соблюдая пост. По легенде, его, сильно истощённого, нашла деревенская девушка и накормила кашей из риса с молоком и сухими фруктами. Это восстановило силы Шакьямуни. Поэтому издавна в тот день во всех дворцах и храмах варили кушанье из пшена, простого и клейкого риса, добавляя в него каштаны, финики, красные бобы, сушёные фрукты, чищенные орехи (например арахис, грецкие орехи, миндаль), семена лотоса, изюм, сухой лонган и сахар.

Считается, что если ешь кашу лаба, то это принесёт тебе в следующем году счастье, долголетие, удачу и радость. Этот день можно считать своеобразными символическими «воротами», открывающими путь к главному празднику – Новому году по лунному календарю.

Следующий важный день называется *Цзицзао* – праздник, который отмечается 23 декабря по лунному календарю. Он считался Маленьким годом. Раньше это был день *про́водов на небо Духа домашнего очага*. По-китайски «*цзицзао*» как раз и значит «жертвоприношение Духу очага».

Дух очага, по преданию, обладал большой волшебной силой. В день его про́водов на небо каждая семья просит духа рассказать бога́м обо всём хорошем, что было в доме, и принести счастье в новом году.

Когда-то обряд жертвоприношения выглядел так: хозяйка дома зажигала курительные свечи и благовония в честь Духа очага, преподносила ему сладости и фрукты, а потом кропила водой фигурку бумажной лошади и солому в знак того, что ему уже всё приготовлено в дорогу. После этого она снимала со стены старый образ Духа очага и сжигала его вместе с бумажной лошадью и соломой. Только в канун Нового года на том же самом месте на стене наклеивали новый образ. Это называлось «*Встречей Духа очага*». Сейчас этот обряд уже практически предан забвению: люди больше не совершают его.

Праздник Цуси – последний праздник года. Следующий день – уже Новый «лунный» год. В последний день старого года нужно наклеить новогодние парные надписи – *чуньлянь* – над входными дверями. Считается, что они приносят счастье и изгоняют нечистую силу. Исторически чуньлянь восходят к заклинаниям на дощечках из персикового дерева, которые древние китайцы в канун Нового года прикрепляли к дверям своих домов (в китайской культуре персиковому дереву издревле приписывали способность отпугивать злых духов и оберегать от всяких напастей). Считается, что они приносят счастье и

Красный цвет – главный «новогодний цвет», цвет удачи и обновления!

изгоняют нечистую силу.

Вечером накануне наступления Нового года семья собирается за столом на праздничный новогодний ужин, во время которого зажигают свечи, пьют ароматный чай, беседуют о прошлом и будущем. Перед ужином совершается торжественный обряд жертвоприношения предкам. Обряд должны проводить старшие мужчины. Во время ужина люди общаются, шутят, поздравляют друг друга с Новым годом.

Один из главных символов новогоднего стола – пельмени, равно как и *«горячий самовар» – хого* А готовить пельмени к новогоднему столу – целый ритуал! Это не только вкусное блюдо, пельмени также символизируют счастье в новом году. Их готовят вечером уходящего года, а едят только после того, как часы пробьют полночь. Пельмени обычно лепят в форме традиционного китайского слитка золота, похожего на маленький кораблик (сегодня этот символ входит в состав наиболее важных талисманов фэншуй и является одним из главных новогодних украшений), что символизирует пожелания долголетия и обогащения. С давних времён существует и такая традиция: в па́ру пельменей кладут по монетке (раньше монетка могла быть медной или серебряной). Если кому-то попался пельмень с монетой, то его поздравляла вся семья. Это значит, что в новом году его ожидает счастье и ему будет сопутствовать удача. Иногда в шутку лепят пельмени с солью и перцем.

После ужина молодые кланяются старшим, поздравляя их с Новым годом. Старшие дарят молодым традиционные красные конверты – *хунбао* – с денежным подарком. Красные конверты – один из главных символов Нового года. Потом обычно устраиваются развлечения, игры; некоторые не спят всю ночь. Непрерывные фейерверки и взрывы петард особенно усиливаются в полночь. Многие проводят новогоднюю ночь перед телевизором, просматривая развлекательные программы, а многие по традиции ночь напролёт играют на деньги в старинную китайскую азартную игру *маджонг* (*мацзян*).

На следующее утро, в первый день года по лунному календарю, который и принято называть Праздником Весны, тайваньцы по традиции должны вспомнить предков и поклониться их портретам, поэтому сначала все идут в храм, а затем отправляются в гости к родственникам и друзьям, чтобы поздравить их с праздником, пожелать удачи в новом году, приподнести сладости и подарки, завёрнутые в красную бумагу. На улицах проходят ежегодные торжественные костюмированные фестивали и многолюдные шествия, традиционные праздничные концерты и другие развлекательные мероприятия. В дни Праздника Весны устраиваются такие массовые выступления, как, например, танцы львов, пляски драконов, хороводы «*Сухопутных лодок*», представления на ходулях.

Со вторым днём первого месяца по лунному календарю также связана очень интересная традиция встречи Нового года: взрослые замужние дочери возвращаются в дом своей матери (сам же лунный Новый год по традиции встречают в семье мужа). Эта древняя традиция так и называется – «*вернуться в дом мамы*».

Праздник Весны начинается с декабря по лунному календарю и продолжается вплоть до 15-го дня лунного года, когда отмечается праздник фонарей.

28. 元宵節

　　農曆正月十五是春節的高潮——元宵節，是人們燃起燈籠迎接先靈回來團聚的日子。依照習俗會製作元宵或湯圓，意喻和諧美滿。元宵由糯米與甜餡製成，通常與甜湯搭配食用。節日當晚民眾手攜燈籠，出街遊行。傳統的燈籠為紙製或木製，燃燒燭火以發光。現代燈籠則造型大小各異，有水果、花卉、各式動物等，十分精巧有趣。按照習俗，街上會有舞龍、踩高蹺等表演，好不熱鬧！不少城市還會舉辦大型燈會，值得一提的是平溪的放天燈活動，在天燈上寫下祝福與心願，施放至空中，溫暖地點亮漆黑的夜空。

Небо озаряют тысячи парящих фонарей

28. Праздник фонарей – Юаньсяо

Кульминацией новогодних празднеств можно считать *Праздник фонарей*, или *Юаньсяо*, – яркий, красочный финальный аккорд всего новогоднего фестиваля на Тайване. Следуя легенде, в эти дни жители острова зажигают яркие фонари, чтобы души предков смогли спуститься с небес и присоединиться к встрече весны.

Праздник фонарей приходится на 15-й день первого месяца по лунному календарю. Именно в эту ночь наступает первое полнолуние в новом году. Согласно китайской традиции, чтобы наблюдать за яркой полной луной, на улицах нужно вывесить как можно больше разноцветных фонарей. Обычай вывешивать фонари появился в I веке и до сегодняшнего дня сохраняется во всех странах, отмечающих этот праздник.

В этот день обязательно едят блюдо, названное в честь этого праздника, – *юаньсяо*, или *танъюань,* и любуются праздничными фонарями. Юаньсяо готовят из клейкого риса со сладкой начинкой. Блюду придают форму шариков, что символизирует гармонию, счастье и хорошую жизнь дружной семьи; оно обычно подаётся как часть сладкого десертного супа.

Вечером в праздник фонарей во многих городах открываются ярмарки, где выставляются самые красочные фонари – произведения искусных мастеров. Они поражают разнообразием форм, размеров и сюжетов: есть и фонари необычных конструкций – в виде фруктов, цветов, фигур разных животных, например, в виде дракона, извергающего пламя. Традиционно фонари бумажные, деревянные или же уже современные, неоновые. Можно найти миниатюрный, сувенирный праздничный фонарик с маленькой лампочкой внутри, традиционный со свечками и даже современные «высокотехнологичные» конструкции размером с многоэтажный дом. Гуляя, люди разгадывают написанные на этих фонарях пожелания и молитвы о благополучии, обильном урожае, воссоединении семьи, о любви и счастье.

В городах и деревнях в этот день на улицах по обычаю танцуют «драконы» (то есть люди, переодетые в костюмы драконов), запускают фейерверки, устраивают шествия на ходулях, катание на качелях и организуют другие праздничные мероприятия, которые делают этот большой праздник поистине сказочным...

Юаньсяо (Рисовые шарики с разными начинками)

Наиболее красочную иллюминацию можно увидеть в крупных городах Тайваня. В столичном Тайбэе фестиваль проходит на выставочной площадке *Тайбэйский Экспо-парк*, в Тайчжуне – в центральном городском парке, а в Гаосюне – по берегам реки *Айхэ* (*Реки любви*), протекающей вдоль Старого города. Ещё одно популярное место для встречи Праздника фонарей на Тайване – небольшой городок *Пинси*, недалеко от столицы острова. В конце февраля здесь проходит массовый ритуал запускания *«небесных фонарей»*. Тысячи местных жителей, гостей и туристов запускают в небо традиционные праздничные фонари, перед этим написав на них пожелания добра, любви и достатка или какие-нибудь свои собственные сокровенные желания...

Фейерверки и сотни разноцветных красочных фонариков – красивейшее зрелище, поражает воображение буквально море фонарей, океан огней в ночи! Всё это оставляет в памяти незабываемые впечатления.

第六章

徵兆與迷信
Приметы и суеверия

29. 臺灣的徵兆與迷信

　　就如同許多文化一般，中華文化也有許多徵兆與迷信，有些是根據自然規律、前人智慧等歸納出的道理，有些則毫無理由。在臺灣，數字「4」因為諧音近似「死」被認為不吉利，數字「1」也有孤獨之意，而數字「8」諧音「發」，是受歡迎、被認為能帶來財富的數字。與俄羅斯不同，臺灣人不推崇蓄鬍，因為看起來不整潔，也有說法會招致災難。養寵物也有講究，錦鯉代表吉利，飼養烏龜則有長壽、吉祥之意。還有過年時不能掃地，因為會將好運掃出門、晚間不宜剪指甲、門與門相對會招致口角等迷信。雖不是人人相信，但仍是民間文化中重要的一部分。

Ароматические палочки чем-то напоминают свечи в православном храме

29. Приметы и суеверия на Тайване

В китайской культуре за многие тысячелетия её существования накопилось множество различных примет и суеверий, касающихся практически всех сторон жизни. Согласно древним поверьям, многие бытовые приметы связаны с определёнными «знаками судьбы»: им приписываются различные магические свойства, они наделяются теми или иными качествами, которые способны оказать влияние на нашу жизнь.

Логически понять природу возникновения той или иной приметы не всегда легко: часто приметы продиктованы здравым смыслом, а иногда – они необъяснимы вовсе. Часть распространённых в китайской культуре суеверий перекликается с другими культурами, в том числе и русской. Давайте познакомимся с некоторыми самыми интересными из них.

Множество примет связано с цифрами; магия чисел на Тайване имеет большое значение. Дело в том, что тайваньцы и континентальные китайцы очень практичный народ, поэтому все номера обладают определённой силой притяжения хорошего в жизни. Если для русских, как и для европейцев вообще, неудачной цифрой является число «*13*», то в китайской культуре – это число «*4*». Дело в том, что слово «*четыре*» созвучно слову *смерть*. Нередко в зданиях в лифте даже нет кнопок с 4 этажом, вместо этого написаны числа 66, 69 и 99 или эти этажи вообще пропущены. Другим «нехорошим числом» является *единица* – число «*1*», она ассоциируется с одиночеством. Правда, как и из любого правила, есть свои исключения. Например, китайская пословица с компонентом «четыре» – 四海昇平 (*сыхай шэнпин*), означает что «всё тихо, всё спокойно». В первую очередь, это относится к системе государственного управления. Когда в государстве порядок, всё спокойно и страна интенсивно развивается – вот тогда и говорят: «сыхай шэнпин» – «тишь да гладь»...

А вот цифра «*8*» приносит удачу и достаток: произношение слова "*восемь*" по-китайски созвучно со словом «*фортуна*» и ассоциируется с богатством и процветанием. Именно поэтому число *8* используют как можно чаще, а «*четвёрку*» стараются избегать, вплоть до того, что не ставят её в номера улиц, квартир, номеров машин и мобильников.

Кроме того, тайваньцы верят, что номера 8, 6, 18, 13, 168, 666 и 888 – обладают силой притягивать счастье и удачу. Поэтому при выборе, например, номера мобильного телефона или при игре в азартные игры на эти номера возлагается большая надежда. «Хорошими» числами также считаются 7, 49, 108. Всё это – влияние культуры буддизма.

С цифрами связана и такая любопытная примета: не стоит выходить замуж или жениться на человеке, который старше или моложе на 3 или 6 лет – брак будет крайне неудачным.

Если мы продолжим говорить о браке, то ещё одна плохая примета, связанная с женитьбой или замужеством, – жениться или выходить замуж за человека с такой же фамилией, даже если он и не родственник.

Множество примет и суеверий связано с веником или метлой. Использовать их нужно строго по назначению, то есть для уборки. Традиционно считается, что в каждой метле обитает дух, поэтому нельзя просто так играть с этим предметом. Также её не используют для чистки алтаря, статуй домашних богов и других священных предметов в храмах. На Новый год метлой нельзя

Карп – не только многозначный символ в китайской культуре, но и естественное украшение водоёмов

пользоваться в течение трёх дней, чтобы не вымести из дома удачу. Строго-настрого запрещено бить кого-либо метлой: если один человек ударил другого метлой, то ударивший будет несчастен всю оставшуюся жизнь. Это очень плохая примета. Ещё хуже, если метла прикоснулась к голове: такого человека будут постоянно преследовать неудачи.

Следующая примета также связана с приведением в порядок внешнего вида: нельзя стричь ногти поздно вечером или ночью, иначе тебя могут посетить «гости с того света»: злые духи. Кроме того, обрезки ногтей надо собрать и выбросить, так как они могут быть использованы недругами в ритуале проклятия.

Если же мы говорим о нашем жилище, то по традиционным представлениям плохо, если двери квартиры или комнат находятся точно друг напротив друга: это провоцирует людей на конфликты. Так что дверные проёмы должны быть несимметричны хотя бы на несколько сантиметров…

На Тайване традиция иметь домашних животных не столь распространена и популярна, как в России, но зато тайваньцы очень увлечены рыбами. Особенно популярен красный карп. Мало того, что он красный (а красный цвет – это хороший символ), так ещё китайское слово “*рыба*” созвучно со словом “*богатство*”. По логике, обладателя красной рыбы ждут огромные богатства. А во многих садах и парках, а также перед многими большими офисными зданиями и торговыми центрами на Тайване часто можно увидеть искусственные пруды с плавающими в них золотыми рыбками – красными карпами. В некоторых парках продаётся специальный корм, и желающие могут покормить рыбок. Это занятие увлекает всех, особенно детей.

А вот черепаха в качестве домашнего животного – не очень хороший знак: если вы держите дома черепаху, то ваш бизнес и карьера будут разрушены, а удача отвернётся от вас. По крайней мере, успешное развитие бизнеса, карьеры в вашей жизни может сильно замедлиться.

Назовём ещё несколько любопытных и распространённых на Тайване примет и суеверий.

Нельзя показывать пальцем на луну: будут проблемы с ушами, их даже можно лишиться и вовсе.

А вот примета, которая есть и в русской традиционной культуре: если ночью протяжно и долго лает собака, значит неподалёку кто-то покинул этот мир.

Если же ваш ребёнок плачет – постарайтесь как можно быстрее и ласковее его успокоить: считается, что если дитя плачет без причины, то в этом месте собрались призраки и пугают малыша.

30. 中國文化中的象徵與護身符

　　中華文化中的象徵深深影響著臺灣人生活的各層面。臺灣人信仰多神，各種神明掌管不同事物，舉凡健康、財富、愛情、學業、事業等皆有負責的神明，民間也有許多傳說中的動物象徵。例如最廣為人知的龍，龍為天子，代表力量與繁盛。鳳凰浴火，代表南方，擁有溫暖、繁榮的意象，遇龍則稱龍鳳呈祥。麒麟普遍認為是吉兆，最初在西元前的文獻中便有提及，麒麟圖像常出現在喜事中，代表長壽、喜樂、也是正義的化身。烏龜則是不朽、長壽的化身，在風水中代表北方、冬天，民眾常會在家中擺放烏龜的裝飾品祈求福壽與安康。除此之外還有寓意福氣的蝙蝠，而鹿、兔、蟬、鶴、虎等動物在中華文化中亦各有含意。

Талисманы – неотъемлемый элемент китайской культуры

30. Символы и талисманы в китайской культуре

Распространённые на Тайване приметы, символы и суеверия основаны на древних легендах, преданиях, народном фольклоре. Они тесно связаны с историей и культурой Древнего Китая на протяжении уже более 4000 лет.

Суеверия на Тайване, как и в Китае, распространяются буквально на все сферы жизни. Тайваньцы поклоняются многим богам, каждый из которых имеет особую силу и помогает в чём-либо конкретно: в здоровье, богатстве, божественном благословении, долгой жизни, удачной дороге, получении знаний, в любви и так далее.

В качестве символов и талисманов традиционно используются изображения животных, растений, плодов и т.п. Наиболее популярными и почитаемыми среди них являются следующие:

Дракон – символизирует силу и великодушие, мужество и выносливость. Для тайваньцев, как и для китайцев, это символ нации, олицетворяющий развитие, процветание, удачу и счастье. На Тайване иметь изображение или фигурку дракона считает своим долгом каждый.

Феникс – появляется лишь во время всеобщего мира и процветания. Феникс является символом солнечного тепла, лета и огня. Он помогает бездетным семьям, а в паре с Драконом составляет прекрасный союз. Его изображение часто используется на свадебной церемонии. В фэншуй он символизирует юг (лето, тепло, жизнь и урожай), поэтому дома́, где над входом изображён Феникс, будет посещать удача.

Цилинь (*Кирин*) – третье небесное создание, символ доброго предзнаменования. Первое упоминание о единорогах у древних китайцев относится к 2697 году до н.э.

Цилинь – это долгая жизнь, празднество, великолепие, радость, справедливость, честность и мудрость. Единорог, называемый также конём Дракона, несёт в себе черты мягкости, доброты и благожелательности по отношению ко всем живым созданиям. В китайской культуре считается, что он всегда одинок и появляется лишь когда во главе государства находится хороший правитель или когда рождается великий мудрец.

Черепаха – ещё одно небесное существо, почитаемое как священное животное. Этот символ долгой жизни, силы и выносливости считается бессмертным. В фэншуй черепаха отождествляется с севером и зимой. Те, кто хотят прожить долгую, здоровую жизнь, держат у себя дома фигурки или изображения черепах.

Кроме черепахи и единорога, в традиционной китайской символике долголетие также даруют летучая мышь, олень, заяц, цикада и журавль.

Летучая мышь – символ счастья и долгой жизни. Её изображения часто встречаются на мантиях чиновников. Как правило, летучие мыши изображаются группами по пять особей, символизируя пять земных благ: старость (долголетие), богатство, здоровье, добродетельность и естественную смерть.

Олень – это символ счастья и долголетия, а белый олень связан с богом долголетия *Шоу-Сином*, и благодаря созвучию слова «*олень*» со словом «*должность*» является символом карьеры, чина служащего и его жалования. Кроме того, олень ассоциируется с богатством и удачей, так как «олень» в китайском языке также созвучно слову «*изобилие*».

Заяц – в китайской культуре он является олицетворением очень хитрого, но в то же время доброго и умного существа. Он тоже символизирует долгожительство, а если его изображение красного цвета – то это благоприятное предзнаменование.

Цикада – это насекомое считается символом бессмертия и воскрешения. В древние времена бытовал обычай перед

Пара драконов – и символический знак, и элемент украшения

похоронами класть цикаду, изготовленную из жадеита или нефрита, в рот умершего, чтобы обеспечить ему вечную загробную жизнь.

Цикада также олицетворяют счастье и юность. Кроме того считается, что они вселяют великие идеи и придают живость мысли. А ещё, по поверью, цикада является символом защиты. Говорят, что если вы носите цикаду в виде украшения, то своевременно получите предупреждение и будете защищены от опасности, связанной с приближением врага.

Журавль – птица, часто изображаемая во всех видах китайского искусства. Считается, что он наделён многими мистическими свойствами и атрибутами, среди которых непорочность и способность к долгой жизни. Обычно журавль изображается стоящим под сосной – ещё одним символом долголетия.

Следующая группа животных – медведь, тигр, слон, лошадь, леопард и лев.

Медведь – символизирует мужество и силу, а его изображение у входа в дом является действенной защитой от грабителей.

Тигр – наиболее популярный среди представителей китайской культуры образ. Особо почитается белый тигр – «*Бай-Ху*». Согласно легендам, он побеждает демонов и недобрых духов, стремящихся омрачить жизнь людей. Это особый знак, символ военной доблести, изображения которого используются в Китае и на Тайване при борьбе с демонами и прочими злыми духами.

Слон – символ силы, жизненной энергии, несокрушимости и мудрости. Слон – одно из семи «сокровищ буддизма», он притягивает удачу. Фигурку слона обычно ставят на подоконник хоботом, поднятым вверх в направлении хорошей звезды, и он таким способом «втягивает» удачу с улицы через окно в дом. Это очень эффективный образ в борьбе против ужасных демонов и духов.

Лошадь – так же, как и слон, – это одно из семи сокровищ буддизма; она символизирует упорство и скорость. В китайской культуре лошадь считается покровительницей умных детей. Она дарует людям упорство, выносливость и силы противостоять злу, а детям – быстрое развитие и упорство в приобретении знаний.

Лев – это энергия и доблесть. Изображения львов перед домом – это защита жилья от злых духов. Каменные скульптуры, изображающие одного льва или группу львов, часто устанавливают у входа в храмы. Существует даже традиционный обрядовый танец льва, который отпугивает нечисть и привлекает удачу.

31. 送禮的兆頭與迷信

送禮時如何挑選正確的禮物受到一個民族的文化、歷史、迷信等影響，是一門大學問。在俄國，人們認為送刀子會導致不睦，送錢包時則至少要放一點錢在裡頭，讓收禮人能夠財源滾滾，否則禮數不周。中華文化中也有不少送禮禁忌，例如：不能送時鐘，因為其音同「送終」，不吉利。傘，音似「散」，也是不祥的禮物。此外，情侶愛人間不宜送鞋子，因為這就好像要對方快跑、離開自己一樣，且「鞋」與「邪」字同音，更是不祥。

В подарке на Тайване важно не только содержание, но и форма, то есть оформление

31. Приметы и суеверия, связанные с подарками

Умение правильно выбрать подарок – большое искусство. Вдвойне сложнее выбрать хороший подарок и преподнести его представителю другой культуры, ибо помимо самого подарка, нам надо знать, что можно, а главное – чего, в силу национальных, культурных, исторических и прочих стереотипов и суеверий, нельзя дарить. Скажем, в России не принято дарить острые предметы, например перочинные ножи (это ведёт к ссоре), а также платки (к слезам), а если даришь кошелёк или бумажник, то обязательно надо положить туда «копеечку» – какую-нибудь мелкую монетку, чтобы деньги не переводились никогда.

В китайской культуре также есть свои табу на подарки. В частности, ни в коем случае нельзя дарить большие, например, настенные часы или будильник, а также карманные часы, так как слово с этим значением – 鐘錶 в выражении „подарить часы" (送鐘) созвучно с выражением 送終 , означающим «проводы в последний путь». Правда, наручные часы – 手錶 – подарить можно: здесь нет никакой негативной ассоциации…

Также не рекомендуется дарить зонт – это также связано с плохой «звуковой ассоциацией»: слово «зонт» – 傘 ([сан]) произносится так же как и 散 , то есть «разлучить».

А как вы думаете, почему молодые люди не дарят своей возлюбленной обувь и, наоборот, девушка никогда не сделает такого подарка своему любимому? Думаю, вы уже догадались: тайваньцы считают, что тогда он или она может «убежать» от любимой или любимого. К тому же слово *обувь* – 鞋 ([се]) – созвучно со словом 邪 – «злой, дурной, подлый, хитрый»...

第七章

養生

Забота о здоровье

32. 健康是無法購買的

　　臺灣人十分注重健康與養生，從早到晚，運動場或公園裡都能見到從事各種運動的人們。幾乎每所大學都配有健身房、室內運動場、各式球場等供學生與社區居民運動健身。臺灣醫療資源也相當完善，不管中醫、西醫，都有各式診所與大醫院，針對病症分科治療，就連社區也設有諮詢中心，十分便民。不同於俄羅斯的澡堂，臺灣得益於島嶼本身的地熱資源，有自己的溫泉澡堂。除了溫泉外還有蒸氣室，人們在其中流汗排毒後，隨即跳入附設的冷水池，藉由溫度差促進血液循環。「有健康的身體，才有健康的心靈」，這句話臺灣人確實地實踐了。

Спорт на Тайване объединяет людей разного возраста

32. Здоровье не купишь

Говорят, «В здоровом теле – здоровый дух». Это расхожее выражение как нельзя лучше подходит к тайваньцам. Можно сказать, что они одна из самых спортивных наций в мире: спортом здесь занимаются все – от мала до велика. С раннего утра и до позднего вечера в парках и вдоль набережных, на стадионах и спортплощадках вы увидите множество людей, занимающихся спортом. Это и уже совсем пожилые люди, и совсем юные «спортсмены» – маленькие дети. Кто-то совершает пробежку (сейчас это модно называть джоггинг), кто-то занимается спортивной ходьбой или просто не спеша идёт, тренируя дыхание и на ходу разминая не только мышцы ног, но и рук.

В отличие от России и многих стран Европы и Америки, увидеть здесь на улице курящего человека – большая редкость, и уж точно вы никогда не увидите людей, на ходу пьющих на улице пиво (а тем более крепкий алкоголь) прямо из бутылки или банки.

Тайваньцы действительно очень заботятся о своём здоровье: во всех школах и университетах есть свои спортивные комплексы с крытыми манежами, бассейнами и тренажёрными залами, теннисными кортами, баскетбольными площадками, стадионы с беговыми дорожками и трибунами для зрителей. С утра до вечера на этих площадках молодёжь активно занимается спортом: многие играют в баскетбол или бейсбол – самые популярные на Тайване игры; кто-то бегает или плавает в бассейне, кто-то качается в тренажёрном зале, а кто-то занимается спортивными танцами. Очень популярен на Тайване и велосипед: велопрогулки и велогонки – один из популярных видов спортивного досуга на острове.

Поликлиник в традиционном русском понимании на Тайване фактически нет. Точнее есть, но их не так уж и много, а вот небольшие специализированные поликлиники, можно сказать, просто на каждом шагу. К врачу на приём, профилактический осмотр или комплексное обследование ходят в медицинские центры, существующие, как правило, на базе крупных больниц и клиник. Там же специалисты различных медицинских профилей окажут вам всю необходимую медицинскую помощь, включая и хирургическое вмешательство: хирурги проводят операции различной степени сложности. А в каждом микрорайоне есть небольшой консультативный центр, где принимает врач общей практики (что-то вроде терапевта в России, который также владеет навыками других медицинских специальностей, например, он может проконсультировать вас как отоларинголог, офтальмолог и др.).

Большой популярностью на Тайване пользуются и центры традиционной китайской медицины, также имеющиеся практически в каждом районе.

Стоматологические салоны и клиники, как и в России, тут работают как самостоятельные медицинские учреждения. А уж разнообразные массажные салоны можно встретить если не на каждом шагу, то во многих местах, особенно на рынках, в крупных торговых центрах, на центральных улицах города…

Русские очень любят баню: традиционную, более влажную, русскую баню и более сухой, «финский» вариант – сауну. Можно сказать, что баня – это один из элементов народной русской медицины. Русская традиция бить себя или друг друга берёзовыми, дубовыми, а иногда даже можжевеловыми вениками в «русской парной» – своеобразный и очень полезный для тела и духа массаж. На Тайване нет бань в русском их понимании, но тайваньский «аналог»

Горячие источники – в прямом смысле «источник здоровья»

бань – это горячие источники. Вы уже знаете, что Тайвань находится в зоне активного действия вулканов. Именно благодаря этому в Тайбэе и некоторых других городах Тайваня такие источники, использующиеся для купания, и есть – «баня по-тайваньски». Она напоминает традиционный японский онсэн: подобные горячие источники бывают открытыми, когда купание происходит в естественном водоёме, заполненном горячей водой из источника, и закрытыми, когда горячей минеральной водой наполняют специальные ванны. Горячая вода подаётся прямо из скважины. А вулканический пар используется в тайваньском варианте парной – это немного похоже на русскую баню, но, конечно, там никто не хлещет себя веником, и, как в сауне, люди просто спокойно сидят и активно потеют, вместе с по́том выгоняя из организма все вредные вещества. Ещё одна деталь, сближающая баню и парилку в России и на Тайване, – большой чан с холодной водой при выходе из неё: контраст температур полезен для тела, особенно кровообращения, и после жаркой парной можно «разогнать кровь», облив себя холодной водой.

В общем, тайваньцы являются приверженцами здорового образа жизни и стараются придерживаться его в повседневной жизни.

33. 如何正確地沖泡中國茶

臺灣茶葉聞名世界，飲茶文化也極為講究，不同的茶種皆有各自的沖泡方式。泡茶這一過程本身就是藝術，而泡茶者便是藝術家。一杯茶要好喝，關鍵要素之一便是「水」，最好使用天然泉水或是瓶裝水，避免自來水中的化學物質影響茶的風味。開始泡茶前要先溫壺，溫壺的熱水用來沖洗聞香杯、品茗杯等茶具，這些預備動作都有助於將茶的色香味發揮到極致。為了避免手指接觸茶葉，應使用茶則取茶置入壺中。醒茶完成後，將熱開水沿壺壁倒入，靜置一會兒使茶葉充分舒展，方可開始品茶。泡茶沒有死板固定的公式，端視茶藝師與賓客的口味喜好而定，只要喜歡，便是好茶。

Чай – китайский напиток номер 1

33. Как правильно заваривать китайский чай

В Китае и на Тайване существует несколько видов чая: зелёный, белый, жёлтый, чай улун, красный чай и пуэр. Каждый вид требует особого обращения. Процесс приготовления чая – это целое искусство, а тот, кто его готовит, – художник. Уделив этому процессу немного своего внимания, вы получите массу удовольствия и сами станете таким художником, творцом вкуса. Невозможно дать рекомендации для приготовления идеальной чашки чая, так как вкусовые предпочтения у всех разные. В то время как некоторые предпочитают более интенсивный, насыщенный вкус, другие любят более умеренный.

Нет никакой точной техники заваривания чая. Вы должны попробовать заварить тайваньский чай несколько раз с разным количеством чайных листьев и временем настаивания, чтобы получить оптимальный для вас результат.

Ключом к получению вкусного чая является хорошая вода. По мнению большинства чайных мастеров, для приготовления чая должна использоваться исключительно родниковая или бутилированная вода. Водопроводной воды следует избегать: водой из-под крана можно испортить вкус любого чая, так как в ней могут содержаться различные химические примеси, например хлор, которые могут оказать негативное влияние не только на вкус чая, но и на наш организм.

А сейчас мы будем заваривать чай, а потом вы попробуете его на вкус. Это зелёный чай, один из видов полуферментированных чайных листьев. Итак, сначала нужно разогреть чайник.

Перед завариванием чая надо залить горячую воду в заварочный чайник, который называется *чаху*, и нагреть его, чтобы температура чайника поднялась до уровня заливаемой в него горячей воды. Благодаря этому, чай потом лучше заваривается и проявляет свои лучшие вкусовые качества. Это как своеобразная разминка перед началом спортивного соревнования.

Сразу же нужно вылить горячую воду из заварочного чайника (чаху) в чашу для разлива чая *чахай*, высокую узкую чашу для вдыхания аромата *вэньсянбэй* и низкие пиалы для питья чая *пинминбэй*, чтобы промыть их. Потом вылейте воду из пиал в чашу для слива воды *шуюй* или в сосуд для слива использованной воды *шуйфань*.

Теперь положите заварку в чайник специальным чайным совком *чацзэ*, чтобы избежать контакта рук с чайными листьями и не портить вкус чая.

Для того чтобы у нас получился ароматный, богатый на вкус чай, его надо «разбудить». Накройте чайник крышкой, пусть листья чая в чайнике немного настоятся. Подождите 30 секунд. Это и называется «разбудить чай».

Снова залейте горячую воду в чайник по самый край и дайте ему немного настояться, чтобы листья полностью раскрылись в воде и напитались ею. Подождите одну минуту.

Потом надо вылить весь чай из чайника в чашу *чахай*, то есть дословно «море чая», иначе первому участнику чайной церемонии достанется чай самой слабой концентрации, а последнему – самый крепкий. Поэтому второе, образное название этого сосуда – *гундаобэй*, то есть «Чаша Справедливости».

Чайная церемония – одна из основ китайской культуры

Разливать чай из «Чаши справедливости» *гундаобэй* надо поровну, причём сначала в чашу аромата *вэньсянбэй* и затем накрыть маленькими пиалами – чашами вкуса *пинминбэй* и перевернуть, при этом чай выливается в пиалу, и прежде чем отпить из неё, надо обязательно вдохнуть его сохранившийся аромат из чаши аромата *вэньсянбэй*.

Теперь наконец можно начинать пробовать – пить чай. А после первой пробы можно заваривать чай повторно. Количество завариваний зависит от видов чайных листьев (сорта чая) и продолжительности времени заваривания чая.

Приятного чаепития!

34. 臺灣茶的歷史

　　茶在明朝、清朝時自中國傳入臺灣，原先只有權貴人士能夠享用，1860年淡水開港後，茶葉成為臺灣出口貿易大宗；日治時期需求量持續增加，並引入宇治茶；直到中華民國時期，茶才漸漸成為百姓們可以負擔的日常飲品。最初的臺灣茶乃野生的「臺灣高山茶」與「高山紅茶」兩種，清朝時出現了半發酵的烏龍與包種茶，日治時期更推動了茶葉廣告與商品的精緻化，使臺灣茶在國際貿易中嶄露頭角，也奠定了往後臺灣成為茶葉王國的基礎。茶葉依照其發酵程度分類，每種都有其獨特的色澤、香氣。例如：鐵觀音的茶葉外型有「蜻蜓頭，青蛙腿」之稱，茶水色如琥珀；龍井則葉形扁平如劍，有養心護肺之效。

По традиции чай пьют из специальных небольших пиалок

34. История тайваньского чая

Чай был привезен на Тайвань из Китая в периоды правления династий Мин и Цин. В основном, это был цзяннаньский и миньский чай, но пить его могли только крупные чиновники и богатые купцы. После подписания в 1860 г. Пекинского договора, по которому тайваньский порт Даньшуй близ Тайбэя был открыт для внешней торговли, чай постепенно стал главной статьёй тайваньского экспорта.

В самый ранний исторический период тайваньский чай был дикорастущим; по цвету молодых листочков и почек он разделялся на два вида – зелёный, иногда со светло-лиловым оттенком, «тайваньский горный чай» и красновато-лиловый «красный горный чай».

В период японского владычества число потребителей чая на Тайване увеличилось за счёт японской колониальной элиты, а из самой метрополии на остров был привезён чай *удзи*.

После перехода Тайваня под юрисдикцию правительства Китайской Республики на рынке появился китайский чай, в результате чего он стал более демократичным напитком, доступным не только аристократическим слоям общества, но и простому народу.

Первыми сортами чая, которые начали экспортироваться с острова ещё в эпоху империи Цин, стали полуферментированные сорта *улун* и *баочжун* – в 1865 и 1881 годах соответственно.

В период японского владычества, в 1906 г., помимо этих двух сортов, на внешние рынки стал поставляться чёрный чай *жидун*. В это же время

Тайваньская отраслевая ассоциация чайных промышленников и другие общественные организации при содействии японских властей и самого губернатора начали знакомить весь мир с «красотой тайваньского чая». С этой целью на международных ярмарках было открыто множество специальных чайных павильонов. Привлекательность рекламных афиш, изысканность оформления и упаковки, профессионализм и элегантность тех, кто заваривал гостям чай на этих ярмарках, – всё это способствовало повышению международной репутации тайваньского чая.

После перехода Тайваня под власть Китая на острове началось освоение зелёного чая. Уже в 1949 г. начался экспорт отборных сортов прокалённого зелёного чая. В 1963 г. в Японию стал экспортироваться выпаренный зелёный чай, называемый по-японски *сэн тя*.

В 1973 г. организация под названием «Группа популяризации тайваньского чая» развернула активную компанию по рекламе чая внутри страны, и уже в следующем году в Синьдяне, который тогда был одним из пригородов Тайбэя, была организована большая чайная выставка, на которой были представлены различные сорта из всех регионов Тайваня, для того чтобы продвигать этот продукт на внутреннем рынке.

В 1976 г. в Тайване открылись первые современные чайные заведения под названием «Китайский гунфу». А затем подобные чайные стали появляться повсюду, словно весенние ростки бамбука после дождя.

В 80-е годы во многих районах Тайваня были созданы специальные клубы, занимавшиеся распространением чайной культуры.

Виды тайваньского чая:

Тайваньский чай можно разделить в соответствии с уровнем его

Сбор чая на высокогорных плантациях

ферментации. Например, сорта *баочжун*, *дундин*, *пэнфэн*, *те гуаньинь* являются полуферментированными, а *лунцзин* – это неферментированный зелёный чай; чёрный (красный) чай – полностью ферментированный. Все эти виды чая обладают своими неповторимыми вкусовыми особенностями. Диапазон аромата и вкуса всеобъемлющ – от мягкой нежности до кокетливой соблазнительности, от изысканного изящества до упругой энергичности.

Особо известен и, по сути, является «визитной карточкой» тайваньских чаёв, – чай *улун*, обладающий чистейшим ароматом и неповторимым запоминающимся вкусом. В сухом виде его листья скручены причудливым образом. Имеющий изысканный сладостный аромат, он как будто бы вобрал в себя красоту тайваньских гор и рек. Это по-настоящему изумительный чай, которому нет равных во всём мире.

Высокосортные листья чая сорта *те гуаньинь* имеют своеобразную форму, словно голова стрекозы у самой макушки и нога лягушки у хвоста листьев. После его заваривания, листья «расслабляются», то есть распускаются, разворачиваются в горячей воде и она становится золотисто-жёлтой, как янтарь, по цвету, а сам напиток приобретает изысканный, приятный аромат и вкус, напоминающий коричневый (бурый) рис.

Около Тайбэя в районе *Санься* выращивают чайные кусты другого весьма известного и популярного тайваньского сорта чая – *лунцзин*. По своему внешнему виду его листья прямые и плоские, как меч. Свежий лунцзин имеет аромат трав или красных водорослей *нори*. После его заваривания вода приобретает нежно-зелёный цвет, оставаясь при этом абсолютно прозрачной. Говорят, что регулярное употребление чая сорта лунцзин благоприятно влияет на кардиодыхательную функцию и может улучшить работу печени.

Чай – это поистине национальное достояние Тайваня.

國家圖書館出版品預行編目資料

Тайвань, или Формоза: знакомимся с чудо-островом в Тихом океане
用俄語說臺灣文化：太平洋中的美麗之島——福爾摩沙 / 劉心華（Лю Синь Хуа）、薩承科（Александр Савченко）編著
-- 初版 -- 臺北市：瑞蘭國際，2022.05
240面；17×23公分 --（繽紛外語系列；106）
ISBN：978-986-5560-54-6（平裝）
1. CST：俄語 2. CST：讀本 3. CST：臺灣文化
806.18   110020700

繽紛外語系列 106

Тайвань, или Формоза: знакомимся с чудо-островом в Тихом океане

用俄語說臺灣文化：太平洋中的美麗之島——福爾摩沙

編著者｜劉心華（Лю Синь Хуа）、薩承科（Александр Савченко）
責任編輯｜潘治婷、王愿琦
校對｜劉心華（Лю Синь Хуа）、薩承科（Александр Савченко）、張瑀珊、潘治婷、王愿琦

視覺設計｜劉麗雪
排版協力｜陳如琪

瑞蘭國際出版
董事長｜張暖彗 · 社長兼總編輯｜王愿琦
編輯部
副總編輯｜葉仲芸 · 主編｜潘治婷 · 副主編｜鄧元婷
設計部主任｜陳如琪
業務部
經理｜楊米琪 · 主任｜林湲洵 · 組長｜張毓庭

出版社｜瑞蘭國際有限公司 · 地址｜台北市大安區安和路一段 104 號 7 樓之一
電話｜(02)2700-4625 · 傳真｜(02)2700-4622 · 訂購專線｜(02)2700-4625
劃撥帳號｜19914152 瑞蘭國際有限公司
瑞蘭國際網路書城｜www.genki-japan.com.tw

法律顧問｜海灣國際法律事務所 呂錦峯律師

總經銷｜聯合發行股份有限公司 · 電話｜(02)2917-8022、2917-8042
傳真｜(02)2915-6275、2915-7212 · 印刷｜科億印刷股份有限公司
出版日期｜2022 年 05 月初版 1 刷 · 定價｜500 元 · ISBN｜978-986-5560-54-6